Donde duele el amor

J. Díaz D.

A los demonios que habitan dentro de mi cabeza, ojalá que así puedan marcharse y yo, pueda encontrar paz.

DÍA 1

14, Abril 2025

Hoy la dejé.

No sé cómo escribirlo de otra forma. Ni siquiera sé si escribirlo sirve de algo. Tal vez sea solo una forma torpe de intentar sostenerme en medio de esta nada en la que me he convertido. A veces las palabras parecen un salvavidas que flota cerca pero que no salva de ahogarse, solo prolonga el hundimiento. Y sin embargo, aquí estoy, con la mano temblorosa sobre la hoja, buscándola entre frases que no alcanzan a contenerla.

Hoy la dejé. Y todo lo demás dejó de importar.

No hubo gritos, no hubo discusiones. No hubo puertas azotadas ni insultos entre dientes, ni esas escenas dramáticas que se ven en las películas donde alguien rompe algo solo para no romperse por dentro. No. Fue peor. Hubo un silencio tan pesado, tan absoluto, que dolía en los huesos. Un silencio que llenaba el aire como humo denso y gris, y que se quedará pegado a las paredes durante semanas, quizás años. Un silencio que ya no se irá, porque es todo lo que quedó.

Nos miramos durante un largo rato. No sé cuánto tiempo fue, pero sentí que todo se detenía, como si el mundo entendiera que estábamos a punto de fracturarnos, de dejar de ser. La luz entraba débil por la ventana del salón, y su rostro estaba envuelto en un resplandor melancólico. Se veía tan hermosa en esa tristeza callada... tan frágil y tan fuerte al mismo tiempo. No dijo nada. Solo me miró, como si ya supiera. Como si siempre lo hubiera sabido.

Y yo... yo no pude sostenerle la mirada.

No fui valiente. No soy valiente. Me fui con las manos temblando, con el estómago hecho un nudo, sintiendo que cada paso me arrancaba algo que no voy a recuperar jamás. Porque no la dejé solo a ella. Dejé un hogar. Dejé una historia. Dejé la posibilidad de tener un futuro donde su voz me despertara y su risa me salvara. Dejé la única vida que tenía sentido.

Y todo por miedo.

Ni siquiera tengo una razón concreta. Me pasé días —semanas, en realidad— repitiéndome excusas en la cabeza. Que era lo mejor para los dos, que estábamos estancados, que yo necesitaba encontrarme, que no era suficiente para ella. Mentiras disfrazadas de argumentos. Palabras vacías llenas de intención cobarde. Me hice experto en justificar lo injustificable. Pero cuando llegó el momento, no hubo nada de eso. Solo hubo ese maldito silencio, ese agujero negro entre nosotros que lo tragó todo.

La última vez que la miré, estaba junto a la puerta, con los brazos colgando como si no supiera qué hacer con ellos. No lloraba. No me gritaba. Solo me ofreció esa sonrisa triste, esa que solía usar cuando algo le dolía pero no quería herirme. Esa sonrisa que te desarma más que cualquier lágrima. Esa sonrisa de alguien que te deja ir incluso cuando le estás rompiendo el corazón, porque entiende que quedarse sería peor.

Y eso fue lo más cruel de todo: que no me odiara. Que no intentara detenerme. Que no se aferrara a mí. Me dejó ir. O tal vez fui yo quien se soltó primero. Lo cierto es que, en esa despedida silenciosa, no hubo dignidad ni grandeza, solo dos almas rotas que sabían que algo se estaba muriendo, y que no podían hacer nada para evitarlo.

Ahora estoy aquí, en este cuarto que ya no me pertenece, en esta cama que se siente demasiado grande, demasiado vacía. La ropa tirada en una maleta sin cerrar, como si aún me negara a aceptar que no voy a regresar. El aire huele a ella. A su perfume. A su piel.

A esas tardes de invierno bajo las mantas, cuando el mundo podía arder afuera y no importaba porque nos teníamos el uno al otro. Ahora no tengo nada. Ni siquiera a mí mismo.

Me siento como un traidor. No solo a ella, sino a lo que fuimos. A lo que construimos con tanto esfuerzo, con tanto amor, con tantas renuncias. Porque amarla me cambió. Me hizo mejor. Me enseñó a mirar el mundo con otros ojos. Y aun así, hoy la dejé. No sé cómo ni por qué, pero lo hice. Y el eco de esa decisión se repite en mi cabeza como un disparo que no cesa.

Estoy tratando de entender en qué momento me perdí. En qué momento empecé a tener miedo de la felicidad, de la estabilidad, de ese amor que no pedía nada más que estar presente. Me asustó la idea de que alguien me quisiera tanto. Me sentí desnudo, expuesto. Y en vez de abrazar esa luz, me escondí. Corrí. Como un cobarde.

Y ahora estoy solo. Lo estoy de verdad.

Porque hay una soledad que se siente distinta cuando sabes que alguien sigue ahí para ti, aunque estés a kilómetros de distancia. Pero esta no es esa soledad. Esta es la de verdad. La que te cala hasta los huesos. La que te observa desde cada rincón, la que te habla con su voz, la que se mete en tus sueños y los arranca de cuajo. La soledad de saber que la perdiste. Que la hiciste pedazos y no puedes volver atrás.

Me digo que quizás fue lo mejor. Que el tiempo lo cura todo. Que hay cosas que no estaban destinadas a durar. Pero no lo creo. No esta vez. No con ella.

Hoy la dejé. Y no sé si voy a poder perdonarme por eso.

No he llorado. No aún. Tal vez porque estoy en shock. Tal vez porque hay dolores que van más allá de las lágrimas. Lo que siento es más hondo, más pesado. Es como si una parte de mí hubiera quedado encerrada en esa casa, en ese instante, en esa mirada final. Como si hubiera cerrado la puerta sin darme cuenta de que era mi alma la que quedaba del otro lado.

No sé qué haré mañana. Ni pasado. No sé cómo se vive después de esto. Me siento como un animal herido, escondido en la oscuridad, esperando a que pase un dolor que no va a pasar. Todo lo que me rodea me recuerda a ella. El café que solíamos compartir por las mañanas. La taza que aún tiene su labial marcado. La bufanda que olvidó en el respaldo de la silla. Su nombre en la pantalla del teléfono, congelado en el último mensaje que nunca respondí.

He cometido muchos errores en la vida. He dicho cosas que no debí, he callado verdades que merecían ser gritadas. Pero nunca me había sentido tan arrepentido como ahora. Porque esto no es solo un error. Es una pérdida. Es un abandono. Es dejar morir algo sagrado sin siquiera intentar salvarlo.

Hoy la dejé, y me dejé a mí con ella.

No sé si ella lloró cuando cerré la puerta. No sé si se sentó en el suelo a abrazarse las rodillas o si simplemente se quedó de pie, inmóvil, mirando cómo el mundo seguía girando sin mí. Pero sé que le dolió. Lo sentí en el aire. En esa vibración invisible que une a dos personas cuando el amor todavía no se ha ido del todo. Porque el amor no se apaga así de fácil. No cuando es real.

Y lo nuestro lo fue.

Cada caricia, cada palabra, cada silencio compartido. Todo fue real. Y por eso duele tanto. Porque no nos rompimos por falta de amor. Nos rompimos por miedo. Por no saber cómo sostener algo tan hermoso sin destruirlo. Por no saber cómo seguir siendo nosotros sin desaparecer en el intento.

Quisiera escribirle. Decirle que me equivoqué. Que no debí irme. Que la extraño con cada célula de mi cuerpo. Pero sería injusto. Porque ella merece alguien que se quede, no alguien que regrese arrepentido. Merece certezas, no disculpas tardías.

Así que solo escribo esto. Para no gritar. Para no romperlo todo. Para no volver.

Hoy la dejé.

Y esta noche no hay luna, ni estrellas, ni futuro.

Solo el sonido de mi respiración entrecortada y el recuerdo de su voz llamándome por mi nombre, como si aún creyera que yo podía quedarme. Como si aún no supiera que ya me había ido.

DÍA 2

15, Abril 2025

Dormí mal. O, mejor dicho, no dormí. La noche fue un largo espasmo de recuerdos y ausencias, un desfile interminable de imágenes que se colaban bajo mis párpados cada vez que los cerraba. Me quedaba quieto, casi sin respirar, como si el más mínimo movimiento fuera a romper el delicado equilibrio entre la memoria y la realidad. Pero ella aparecía de todas formas. Siempre ella. Con esa manera suya de existir, que nunca fue ruidosa pero siempre lo llenaba todo. Su risa, ligera como una pluma, saltando por las paredes como si la casa misma la echara de menos. Su voz, dulce y sencilla, pronunciando esas palabras cotidianas que ahora se sienten como oraciones sagradas: "buenos días, amor".

Despertar sin ella fue como despertarse en otro planeta, uno sin aire, sin gravedad, sin nada familiar a lo que aferrarse. Me levanté de la cama arrastrando los pies, sintiéndome viejo y vacío, aunque no hayan pasado ni veinticuatro horas desde que la dejé. El reloj marcaba las 06:03, pero el tiempo ya no tiene sentido. Antes, el tiempo era ella. Era su rutina, su presencia, su risa en las mañanas mientras buscaba algo en el cajón equivocado, siempre en el equivocado. Ahora solo hay segundos que se estiran como cuchillas, minutos que se convierten en agujeros negros.

Fui a la cocina casi por inercia, como un cuerpo que repite los mismos movimientos aunque el alma esté ausente. Abrí el armario y saqué las mismas tazas de siempre. La suya seguía ahí, claro. Blanca, con una línea azul en el borde. La taza que ella reclamó como suya desde el primer día. Nunca quise decirle que había sido un regalo de otra vida, porque de alguna forma ella la hizo nueva, solo suya. La tomé sin pensar, y cuando me di cuenta ya le había servido café. Como si todavía esperara oír sus pasos desde el dormitorio. Como si todavía creyera que iba a abrazarme por detrás mientras el agua hervía y a decirme, medio dormida: "mejor con dos cucharadas de azúcar, que hoy me siento un poco gris".

Pero no hubo azúcar. No hubo abrazo. No hubo risa. Solo el sonido del vapor saliendo de la cafetera y el temblor en mis manos mientras me sentaba solo, frente a una taza que ya no tiene dueño.

Probé el café y supe, con la certeza más absurda, que no sabía igual. No por la falta de azúcar, no por la proporción equivocada. Era otra cosa. Como si el café supiera también que ella se fue, que no va a volver. Como si el sabor mismo estuviera de luto.

No sé qué hago aquí. No sé por qué sigo escribiendo. Tal vez porque es lo único que me queda. Este cuaderno viejo que ella me regaló una Navidad, diciéndome: "llénalo de verdades, aunque duelan". Me reí en ese momento, sin saber que un día iba a escribir verdades tan punzantes que me costaría sostener la pluma. Me pregunto si ella sabía algo que yo no, si ya intuía que me iba a romper antes de aprender a quedarme.

Cada rincón de esta casa es una emboscada. El cojín torcido en el sofá donde se sentaba a leer. La silla del comedor en la que nunca terminaba de apoyar la espalda. La mancha de pintura en la pared que dejamos un día que intentamos redecorar y terminamos peleando por si el color era "azul petróleo" o "verde tormenta". Al final, nos reímos tanto que olvidamos pintar el resto. Esa mancha sigue ahí. Un testigo callado de lo que fuimos. Y de lo que ya no somos.

No puedo hacer nada sin sentir su ausencia como una aguja bajo la piel. Fui a buscar una camisa en el armario y me encontré con una de sus bufandas. No sé por qué aún está ahí. Tal vez olvidó llevársela. Tal vez no quiso. O tal vez, en el fondo, yo me aseguré de dejarla olvidada, como si ese pequeño pedazo de tela pudiera funcionar como un conjuro, una especie de amuleto absurdo contra el olvido.

Ojalá las cosas fueran tan simples como recoger lo que queda y seguir adelante. Pero no lo son. No cuando amaste así. No cuando perdiste tanto por decisión propia. Porque fui yo quien se fue. Yo quien cerró la puerta. Y, sin embargo, no dejo de sentir que algo más profundo, más oscuro, me abandonó a mí primero. Como si lo esencial —mi centro, mi equilibrio, mi esperanza— hubiera comenzado a deshilacharse mucho antes de que yo dijera adiós. Como si hubiese estado rompiéndome lentamente, en silencio, sin que nadie lo notara.

Tal vez ella lo notó. Tal vez fue la única que lo notó y por eso me miró con tristeza en vez de reproche. Como si supiera que no era capaz de quedarme, que algo dentro de mí no tenía el valor suficiente para sostener ese amor. Me lo dio todo sin pedir nada, y aún así me asusté. Me dio su tiempo, su piel, su alegría. Me hizo espacio en su mundo. Y yo... yo no supe cómo habitarlo sin miedo.

Me miro al espejo y no me reconozco. Hay ojeras bajo mis ojos, los labios partidos, la piel reseca. Me parezco a alguien que se está desvaneciendo. Tal vez lo estoy. Tal vez esta es la forma que toma el dolor cuando no se grita: se instala en el cuerpo, se vuelve insomnio, fatiga, desgano. No me dan ganas de nada. Ni de comer, ni de salir, ni de hablar con nadie. Solo quiero encerrarme en esta tristeza, como si fuera un abrigo que me protege del ruido del mundo. Porque el mundo sigue, y eso también duele. Duele que todo siga su curso mientras yo estoy detenido, congelado en esta ausencia.

Pienso en llamarla. En escribirle algo. En decirle que el café no sabe igual sin ella, que la taza la espera. Pero ¿con qué derecho? Yo fui quien la dejó. Fui yo quien puso un océano entre los dos sin movernos del sitio. No puedo pedirle que vuelva solo porque ahora siento el vacío. Porque el vacío es mío. Me pertenece. Me lo gané.

Y sin embargo, la pienso.

Pienso en cómo se reía cuando intentaba cocinar. En cómo ponía cara de niña traviesa cuando rompía algo. En cómo, incluso en los días malos, encontraba formas de hacerme sonreír. Ella era mi brújula. Y ahora estoy perdido.

A veces me digo que esto es parte del proceso. Que dolerá menos con el tiempo. Que eventualmente podré mirar atrás sin sentir que se me desgarra el pecho. Pero eso es mentira. Hoy no lo creo. Hoy todo duele. Duelen los recuerdos, duele su ausencia, duelen mis propias decisiones. Todo me sabe a gris. El aire, la luz, las canciones que antes nos hacían cantar a dúo mientras limpiábamos. El mundo entero se ha vuelto una versión sin color de sí mismo.

Intenté leer un libro, pero no pasé de la primera página. Lo dejé sobre la mesa como se deja una conversación que no se puede continuar. Pensé en salir a caminar, pero mis piernas no respondieron. Me quedé sentado en el mismo lugar por horas, viendo cómo la luz cambiaba en la habitación. No hice nada. No quise hacer nada. Solo me dejé estar. Tal vez eso es lo único que puedo hacer ahora: estar. Respirar. Escribir.

Y esperar que en algún momento, algo deje de doler.

Hoy no fue ese día.

Hoy, como ayer, la extraño. Pero no es solo eso. Hoy me extraño a mí también. Me extraño cuando era feliz a su lado, cuando creía que el amor bastaba, cuando no tenía miedo de quedarme. Ahora no queda nada de eso. Solo este cuaderno, este café frío, y esta sombra que llevo dentro y que se parece demasiado a mí.

DÍA 3

16, Abril 2025

Hoy pasé horas frente al celular. Ni siquiera lo desbloqueaba del todo. Me quedaba mirando la pantalla apagada, como si esperara que en cualquier momento apareciera un mensaje suyo, uno solo, que dijera algo como "¿estás bien?" o "aquí también duele". Pero no llegó. Porque ella es demasiado digna para buscarme. Demasiado valiente como para correr detrás de quien decidió irse. Aun así, la esperanza es terca. Y en su terquedad me atrapa. Me hace abrir nuestras conversaciones antiguas, esas que ya deberían haberse enterrado en algún rincón del pasado, pero que yo desentierro como si fueran reliquias. Las leo como un arqueólogo emocional, buscando en los detalles diminutos algún indicio del derrumbe. Como si al encontrar la grieta pudiera evitar el colapso.

Deslicé hacia arriba tantas veces que ya me duele el pulgar. Volví a leer desde aquel primer "hola" torpe, cuando todavía éramos dos desconocidos tratando de descubrir si había magia en lo cotidiano. La había. No tengo dudas de eso. Me reí solo al ver nuestras primeras bromas, esos emojis mal puestos, las conversaciones triviales que fueron tomando forma hasta convertirse en algo más. Me detuve en el primer "te quiero". Me detuve mucho tiempo ahí. Recuerdo el miedo que sentí al enviarlo, como si esas palabras fueran una llave que podría abrirlo todo o cerrarlo para siempre. Pero ella respondió de inmediato. Y me sentí valiente. Me sentí querido. Me sentí en casa.

Lo que vino después fueron meses de una intensidad que no sé si algún día volveré a vivir. Porque no era solo amor. Era pertenencia. Era conexión. Era entender a alguien sin tener que explicarse.

Era verla escribir “¿comiste?” y sentir que a alguien le importaba realmente si yo estaba cuidando de mí mismo. Era reírnos hasta llorar por cosas que nadie más entendía. Era pelear por estupideces y reconciliarnos de formas que hacían que valiera la pena todo. Era mandarnos audios largos a las tres de la madrugada porque el sueño no venía y el corazón no callaba.

Y sin embargo, también estaba el silencio. Uno pequeño al principio, que se metía entre los mensajes como un susurro. Un “te amo” menos al día. Un “cómo estás” que tardaba más en llegar. Al principio no le di importancia. Pensé que era normal, que el amor también necesita respirar. Pero ese silencio creció. Se volvió una presencia. Algo que se quedaba con nosotros en la habitación aunque no se le hubiera invitado. A veces la sentía lejos incluso cuando estaba sentada a mi lado. Me hablaba de cosas y yo asentía, pero estaba pensando en por qué ya no me buscaba tanto como antes. Ella me decía que estaba cansada, que el trabajo la agobiaba, que necesitaba espacio. Y yo no supe leer entre líneas. No entendí que lo que realmente necesitaba era que yo me quedara. Que la escuchara. Que le dijera que no tenía que ser fuerte todo el tiempo.

Fui egoísta. Pensé que el amor era suficiente. Que bastaba con estar ahí. Pero estar no es lo mismo que acompañar. Y yo dejé de acompañarla mucho antes de irme. La dejé sola con sus miedos, con sus dudas, con su cansancio. No supe sostenerla cuando ella había sostenido tanto de mí. Me dolió darme cuenta de eso al releer nuestras conversaciones. Hay un punto en el que su voz cambia. Ya no era tan luminosa. Ya no buscaba tanto. Respondía con monosílabos, con frases más cortas. A veces pasaban días sin que uno le dijera al otro algo bonito. Y cuando lo hacíamos, sonaba más a costumbre que a ternura. Como si estuviéramos repitiendo un guion que ya no nos creíamos.

No hay un momento claro en el que todo se rompió. No hay una pelea definitoria. No hay una traición, un escándalo, una palabra irreversible. Solo una tela fina que se fue rasgando poco a poco. Una tela que sostenía nuestros días, nuestros sueños, nuestros futuros. Y que se desgarró en silencio. Yo intentaba no mirar la rotura. Me decía que eran rachas. Que ya volveríamos a ser lo que éramos. Pero cada intento por volver nos alejaba más. Porque el amor que se niega a ver la herida también sangra. Y nosotros sangramos mucho tiempo sin darnos cuenta.

Aun así, la sigo amando. Y no lo digo como quien se aferra a una nostalgia bonita. No. La sigo amando con ese amor que duele, que quema por dentro, que no da tregua. Es un amor pesado, como una piedra enorme atada al pecho. Y no puedo soltarla. Aunque me haya ido. Aunque haya sido yo quien se despidió. Este amor no me deja irme del todo. Me acompaña en cada esquina de mi soledad. En cada intento de dormir. En cada maldito recuerdo.

Hoy, por ejemplo, encontré una nota suya guardada entre las páginas de un libro. No recordaba que estaba ahí. Decía algo simple: "Eres mi lugar seguro". No sé qué me dolió más, si la nota o el hecho de haberla olvidado. Me quedé mirando esa frase durante mucho rato, sintiendo cómo me rompía por dentro. Porque ahora yo ya no soy un lugar seguro para nadie. Ni siquiera para mí.

No puedo dejar de pensar en todo lo que no dije. En todo lo que no hice. En cómo me convencí de que alejarme era lo mejor, como si uno pudiera desarmar un amor y seguir respirando con normalidad. Me inventé excusas. Me conté historias. Me dije que era necesario. Que el desgaste era irreversible. Pero ¿y si no lo era? ¿Y si solo necesitábamos hablar de verdad? ¿Y si nos faltó paciencia? ¿O valor?

La extraño en cada palabra que no le escribí. En cada silencio que hoy ocupa el lugar de su voz. En los días que compartimos y en los que nunca llegaremos a tener. La extraño en las cosas pequeñas: en la forma en que pronunciaba mi nombre cuando estaba molesta, en cómo me acariciaba el pelo mientras hablaba de cualquier cosa, en su costumbre de hacerme prometer cosas absurdas solo para reírse. La extraño incluso en lo que no era perfecto. Porque todo de ella tenía sentido a mi lado. Todo era real.

Y por más que lo intento, no logro convencerme de que fue lo correcto. Porque no lo fue. No lo fue en absoluto.

Me gustaría poder decir que al menos tengo la tranquilidad de haber hecho lo necesario, lo sano. Pero no la tengo. No tengo paz. Solo este vacío que me recuerda lo cobarde que fui. Lo rápido que solté su mano cuando el frío empezó a calar. Ella habría resistido. Ella habría peleado. Pero yo no supe cómo. O no quise. O no creí merecerla.

Ahora lo único que me queda es este diario, estas palabras, este intento patético de reconstruir lo que ya no se puede tocar. Escribir es lo más cercano que tengo a sentirla cerca. Como si cada línea me permitiera oír su voz, aunque sea por un instante. Como si poner en palabras mi dolor fuera una forma de mantenerla viva dentro de mí.

Hoy, una vez más, no hice nada más que pensar en ella. No contesté llamadas. No salí de casa. Apenas comí. Y cuando por fin me levanté del sillón para abrir la ventana, la luz de la tarde me pareció insoportable. Porque todo lo que brilla duele cuando estás roto por dentro. Cerré las cortinas y volví a refugiarme en la penumbra. Tal vez ahí duela un poco menos.

Me siento como un fantasma que camina entre los restos de lo que fue su vida. Esta casa, estos objetos, todo habla de ella. Y aunque intento arrancarla de los lugares, de las cosas, de los recuerdos, no puedo. Porque ella está impregnada en cada centímetro de mí. Y eso no se borra con distancia. Ni con tiempo. Ni con excusas.

No sé cuánto va a durar este dolor. No sé si algún día voy a dejar de esperar un mensaje que no llegará. Solo sé que hoy la amo. Que la extraño. Y que el arrepentimiento es una bestia silenciosa que se alimenta de mis pensamientos más íntimos.

Hoy, como ayer, no hay redención. Solo amor sin destinatario.

DÍA 4

17, Abril 2025

Hoy caminé sin rumbo, sin destino, sin mapa. Solo puse un pie delante del otro, esperando que la ciudad me tragara o que al menos el movimiento me distrajera del ruido interno que no me deja en paz. Salí sin pensar a dónde ir, con las manos en los bolsillos, la cabeza gacha y los ojos ardiendo de tanto no llorar. Porque ya ni siquiera lloro. Es como si el cuerpo se hubiera rendido a la tristeza, como si mis lágrimas se hubieran secado por dentro y ahora solo quedara el peso de lo que no supe cuidar. Caminé por calles que no recuerdo, como si mi cuerpo conociera el camino hacia ningún lugar. Y en cada paso, sentí que me alejaba un poco más de ella. No físicamente, porque ya no está cerca, pero sí emocionalmente, espiritualmente. Como si con cada esquina que doblaba, algo en mí se rompiera más.

El frío me calaba los huesos. Ese tipo de frío que parece nacer desde adentro, no desde el clima. Pero aun así agradecí esa sensación, porque al menos me recordaba que sigo vivo. Que todavía hay algo latiendo bajo toda esta tristeza. La ciudad estaba ruidosa, indiferente. Los autos pasaban con su violencia rutinaria, la gente cruzaba la calle con prisa, los vendedores ambulantes gritaban sus ofertas como si el mundo no hubiera cambiado, como si todo siguiera igual. Y me pareció injusto. Profundamente injusto. Que el mundo no se detuviera cuando el mío se hizo pedazos. Que todo siguiera girando cuando mi eje había colapsado.

Me pregunté cuánto tiempo más va a durar esta sensación de que todo es una parodia. De que las cosas se mueven, pero no significan nada. Porque eso es lo que siento: que todo se ha vaciado de sentido. Las calles, los sonidos, la comida, las palabras. Todo me resbala por dentro como si estuviera hecho de humo. Camino y veo parejas tomadas de la mano, riendo, besándose en los semáforos, compartiendo un café en alguna terraza. Y me duele. No por envidia, sino porque me recuerdan lo que tenía. Lo que perdí. Lo que dejé ir con una mezcla de torpeza, orgullo y miedo. Veo esos gestos cotidianos, esas pequeñas complicidades, y siento que me atraviesan. Como si cada pareja feliz me dijera, sin hablar: "¿Ves? Esto es lo que tuviste y ya no tienes".

En una esquina vi una blusa en el escaparate de una tienda. Era igual a la que le regalé en su cumpleaños. A ella le encantaban los colores pasteles, y esa vez pasé semanas buscando algo que le quedara tan bien como su risa. La envolví con torpeza y se la di con nerviosismo, temiendo que no le gustara, pero su reacción fue tan genuina, tan hermosa... Me abrazó como si le hubiera regalado el mundo. Me dijo que nadie la había mirado así antes, como para acertar tanto en un regalo. Y ahora esa blusa, idéntica, estaba colgada frente a mí como un recordatorio brutal. Me quedé mirándola demasiado tiempo. El vendedor me observó desde adentro con sospecha, como si yo fuera a robar algo. Pero lo que no entendía era que lo que yo intentaba robar era el tiempo. Intentaba volver, aunque fuera por un segundo, a ese día en el que todavía me sentía suficiente para ella.

Seguí caminando. Pasé por un parque donde solíamos ir los domingos. No importaba cuán caótica fuera la semana, ese parque era nuestro refugio. Nos sentábamos en la misma banca, ella siempre llevaba una botella de agua con limón y yo compraba helado, aunque hiciera frío. Hablábamos de todo y de nada. Inventábamos historias sobre los desconocidos que pasaban frente a nosotros. Ella era increíble para eso. Tenía una imaginación desbordante. Le gustaba decir que ese señor de sombrero era un espía retirado o que esa niña con el globo rojo en realidad era una princesa escapando de su reino. Yo solo la escuchaba, embobado, sintiéndome el hombre más afortunado del mundo. Hoy, esa banca estaba vacía. Y aún así me pareció llena de nosotros. No tuve el valor de sentarme. Pasé de largo con el corazón hecho trizas.

Luego sonó una canción. Salía de un pequeño local que tenía la puerta abierta. Era una de esas canciones que ella cantaba siempre, sin importar dónde estuviera. A veces cocinando, a veces en la ducha, a veces solo caminando por casa. La tenía pegada, como un mantra. Y me la contagió. Incluso ahora, después de todo, aún puedo tararearla sin pensarlo. Pero hoy fue diferente. Hoy escucharla me partió. Me quedé paralizado en medio de la acera. La gente me esquivaba como si fuera un obstáculo más. Nadie se detenía. Nadie preguntaba si necesitaba ayuda. Supongo que así funciona el mundo cuando estás roto: sigues existiendo, pero ya no importas. Cerré los ojos un segundo. Y por un momento pude oírla cantar. No en mi memoria, sino como si realmente estuviera cerca. Como si la ciudad me estuviera devolviendo un eco de lo que fui con ella.

Seguí caminando. Pasé frente a una floristería. Ella amaba las flores. No por lo estético, sino porque decía que las flores eran testigos silenciosos del tiempo. Que abrían, se marchitaban y caían con una dignidad que los humanos rara vez sabíamos tener. Le encantaban los girasoles. Decía que le recordaban que uno siempre puede buscar la luz, incluso en días grises. Y ahí estaban hoy, en la vidriera, brillando como si el mundo no estuviera en ruinas. Me dieron ganas de entrar y comprarle un ramo. De llevárselo como si todo pudiera arreglarse con flores. Pero, ¿a dónde se llevan las flores cuando ya no hay a quién dárselas? ¿A quién se le entrega un ramo cuando el destinatario no quiere volver a leer tu nombre?

Hoy caminé por toda la ciudad y no encontré un solo rincón que no me hablara de ella. Porque ella está en todas partes. Está en los cafés que visitamos, en los semáforos donde me besó apresurada, en los parques, en los reflejos de las vidrieras, en las canciones, en los sabores, en los colores. Está en la forma en que pronuncio ciertas palabras. En mi manera de ver películas. En los libros que leo. En las canciones que ya no puedo escuchar sin que me ardan los ojos. Está en mí, aunque ya no esté conmigo. Y eso es lo más difícil de todo: saber que no importa cuánto camine, cuánto me aleje, nunca podré escaparme de ella. Porque se quedó tatuada en mis costumbres, en mis detalles, en mis gestos más mínimos.

A veces me pregunto si ella también me ve en todas partes. Si también se detiene frente a algún lugar y recuerda algo nuestro. Si la canción que sonó hoy también la hace detenerse por un instante. Si todavía me guarda en alguna esquina del corazón, aunque sea una pequeña, aunque ya no duela tanto. Me consuela imaginar que sí. Que no fui un error, que no fui un paréntesis. Que de algún modo fui su historia tanto como ella fue la mía. Pero tal vez solo me estoy aferrando a ilusiones. Tal vez ella ya aprendió a caminar sin mí. Tal vez ya encontró otros paisajes donde no me llevo su sombra.

Volví a casa con los pies doloridos, con el alma aún más. Me quité los zapatos y me senté en el mismo borde de la cama donde he pasado las últimas noches, intentando entender en qué momento se me deshiló la vida. Cerré los ojos y respiré hondo, buscando alguna calma. No la encontré. Pero al menos pude recordar su voz sin romperme del todo. Es extraño: a veces siento que olvidar duele más que recordar. Porque recordar es tenerla por un segundo. Olvidar es perderla de nuevo, cada día.

Hoy caminé sin rumbo y terminé más perdido que nunca. Lleno de su ausencia. Lleno de todo lo que fue y ya no es. Y lo peor es que, por más que lo intento, no hay rincón en esta ciudad que me permita olvidarla. Porque en todos los lugares, en todas las esquinas, en todos los gestos y sonidos, sigue estando ella.

DÍA 5

18, Abril 2025

Hoy habría sido nuestro aniversario. Cuatro años. Cuatro años de nosotros, de mirarnos cada día con la certeza de que habíamos encontrado algo único, algo que no le sucede a todo el mundo. Cuatro años que construimos paso a paso, entre torpezas y ternuras, entre días buenos y días malos, entre promesas susurradas a medianoche y discusiones que terminaban en abrazos. Cuatro años que hoy no sé cómo sostener en la memoria sin que se me desmoronen. Me desperté temprano, aunque no quería hacerlo. El sueño me evitó toda la noche, como si supiera que al abrir los ojos lo primero que sentiría sería el peso brutal de esta fecha. La vi en el calendario incluso antes de levantarme: ahí estaba, marcada con el mismo color que usé cada año, un pequeño corazón azul que ahora se ha convertido en un disparo mudo. La había dejado marcada sin darme cuenta, como si en algún rincón ingenuo de mí todavía creyera que íbamos a llegar juntos hasta aquí. Qué frágil es la esperanza cuando se la confronta con la realidad.

Intenté ignorarlo. Intenté decirme a mí mismo que era solo un número, solo una fecha más, solo un mal recuerdo. Pero no pude. Todo el día estuvo atravesado por esa presencia ausente, como si el aire mismo estuviera teñido de recuerdos. Me imaginé cómo habría sido si aún estuviéramos juntos: yo despertando con un ramo de flores en las manos, intentando no hacer ruido para que ella siguiera durmiendo mientras preparaba algo torpe en la cocina. Ella solía reírse de mis intentos culinarios, pero los celebraba como si hubiera hecho un banquete. Me imaginé su cara adormilada, su sonrisa al ver la tarjeta que cada año le escribía con manos temblorosas. Siempre le escribía algo. Nada demasiado grandilocuente, solo cosas sencillas, cosas verdaderas. Recuerdos, promesas, agradecimientos. Le decía cuánto me hacía bien, cuánto la necesitaba, cuánto me gustaba su forma de ver el mundo. Ella coleccionaba esas cartas. Las guardaba en una caja azul con mariposas, como si fueran tesoros. Y hoy esa caja está en algún lugar que ya no comparto, quizá olvidada, quizá abierta por manos que ya no son las mías. Pensar en eso me desgarra de una manera que no sé poner en palabras.

Salí un momento a la calle, no porque quisiera, sino porque sentí que si me quedaba encerrado, iba a ahogarme en mí mismo. Caminé sin rumbo otra vez, como estos últimos días, pero hoy con la sensación más aguda de pérdida. Todo lo que veía me parecía una burla: parejas celebrando, gente riendo, restaurantes llenos, flores en las esquinas. Vi a un chico con un ramo de girasoles y quise gritarle que no los desperdiciara, que no se enamorara tanto, que cuidara lo que tiene antes de que se le escape entre los dedos. Pero no lo hice. Solo lo miré pasar y me tragué el grito. Porque yo también fui él. Yo también caminé alguna vez con un ramo en las manos y el corazón latiendo con entusiasmo, sin imaginar que un día como hoy estaría deseando borrar el tiempo.

Volví a casa antes del atardecer. No tenía sentido estar afuera. Nada tenía sentido. La casa estaba en silencio, como si supiera lo que significaba este día. Como si también estuviera de luto. Me senté en el sofá y no hice nada. Ni televisión, ni música, ni libros. Solo me dejé caer en la tristeza como si fuera un pozo inevitable. Pensé en escribirle. En enviarle un mensaje simple, honesto. "Feliz aniversario, aunque ya no estemos." Pero me detuve. ¿Para qué remover lo que ya está roto? ¿Para qué herirme —o herirla— más de lo que ya estamos? Me pregunté si ella lo habría recordado también. Si también se despertó con esta nostalgia. Si tal vez, en algún momento del día, su mente viajó hacia mí con la misma intensidad con la que la mía no ha dejado de girar en torno a ella. Tal vez lo hizo. Tal vez no. Y esa duda, esa imposibilidad de saberlo, me carcome.

Abrí la caja donde guardo nuestras fotos. No debería haberlo hecho. Ya lo sabía, pero aún así lo hice. Las vi una por una, como quien se hiere a propósito. En cada imagen estábamos nosotros, desprevenidos, felices, reales. No hay pose en esas fotos. Son risas verdaderas, abrazos espontáneos, miradas que hablan. Me detuve en una en particular: estábamos en la playa, con el sol a punto de ocultarse. Ella me abrazaba desde atrás y yo sonreía, mirando hacia el horizonte. En ese momento, creía que nada podía destruirnos. Que si habíamos sobrevivido tanto, podríamos sobrevivir a todo. Qué equivocado estaba. Qué ingenuo. Cerré la caja con rabia y la devolví al cajón, como si al esconderla pudiera esconder también el dolor.

Todo el día fue así: una mezcla de recuerdos, de supuestos, de escenarios alternativos que ya no existen. En mi cabeza, reviví todos los aniversarios anteriores. El primero, cuando apenas estábamos aprendiendo a amarnos, y ella me llevó a su lugar favorito en la ciudad, diciendo que si alguien compartía eso con ella, era porque ya le importaba demasiado. El segundo, cuando hicimos un picnic improvisado en el parque y llovió, y aún así nos quedamos bajo el aguacero riendo como niños. El tercero, más sobrio, más maduro, pero igual de hermoso: cocinamos en casa y nos leímos cartas que escribimos durante el año. Yo lloré esa vez. Ella también. Y hoy… hoy solo queda la sombra de todo eso. Como una melodía que se desvaneció en el viento.

Me resulta imposible aceptar que estos días, que antes eran celebraciones, sean ahora heridas abiertas. Que el calendario se haya convertido en un campo minado. Que cada fecha importante sea una excusa más para caer. Porque no es solo hoy. Sé que vendrán más. Su cumpleaños. Navidad. Las vacaciones que habíamos planeado. Todos los "algún día" que ya no llegarán. ¿Cómo se sigue viviendo así? ¿Cómo se reconstruye uno cuando cada parte del calendario está llena de ausencias?

Ahora es de noche. Estoy escribiendo esto con las luces

apagadas, como si eso hiciera menos real el dolor. La oscuridad me calma, me envuelve. Me permite llorar sin testigos. Y hoy lloro, por primera vez en días. Lloro de verdad. No lágrimas sueltas, no humedad en los ojos. Lloro con el pecho apretado, con el alma encogida. Lloro porque no sé cómo seguir. Porque la extraño como nunca. Porque hoy, más que ningún otro día, daría todo por volver un minuto atrás. Un solo minuto. El suficiente para abrazarla, para decirle que aún la amo, para pedirle que no me deje ir tan lejos de ella. Pero ese minuto no existe. Y eso duele más que todo.

Feliz aniversario, amor. Aunque no lo leas. Aunque no lo sepas. Aunque ya no me pertenezcas. Yo sí lo recordé. Y lo llevé conmigo todo el día, como una llama triste que no se apaga. Y aunque estés lejos, en otro lugar, en otro tiempo, quiero creer que una parte de ti también pensó en nosotros. Aunque sea por un instante. Aunque sea en silencio.

DÍA 6

19, Abril 2025

Abrí el armario hoy. Y fue como abrir una herida con las manos desnudas. No porque no supiera lo que iba a encontrar, sino porque todavía me cuesta creer que todo siga ahí, intacto, como si ella fuera a regresar en cualquier momento a ponerse ese abrigo azul que colgamos juntos una tarde de otoño. Está justo donde lo dejó. Inclinado hacia un lado, como si se hubiera movido con el viento, o tal vez con mi ausencia. Al verlo, me quedé quieto un rato largo, de pie frente a esa puerta abierta como si fuese un portal hacia otra vida. No sabía qué hacer. Solo lo miraba. Ese abrigo, sus bufandas, los vestidos que yo le decía que le quedaban perfectos, sus zapatos ordenados en la parte baja, como si hubieran esperado todo este tiempo a que ella decidiera volver. Me senté en el suelo, frente al armario abierto, y sentí cómo se me aflojaban los hombros, cómo se me caía el alma, cómo el silencio se hacía tan denso que dolía.

No he tocado nada desde que se fue. Nada. No porque me lo haya prohibido, sino porque no puedo. Porque cada prenda suya es como un recuerdo colgado, como un suspiro detenido en el tiempo. Siento que si muevo algo, si saco aunque sea una blusa, todo va a desmoronarse. Como si hubiera un equilibrio invisible que solo existe mientras sus cosas estén ahí, mientras nada cambie, mientras el eco de ella siga suspendido entre estas paredes. Me he aferrado a su presencia como un náufrago a una tabla rota, sabiendo que no me llevará a ningún lado, pero incapaz de soltarla.

Lloré. Lloré en silencio, con la frente apoyada en mis rodillas, mientras el armario me devolvía su aroma. Porque sí, todavía huele a ella. A su perfume, a su suavizante, a su piel. Ese olor me partió. Me devolvió a mañanas lentas en las que nos vestíamos riendo, en las que ella me pedía que le eligiera la ropa aunque nunca le gustara lo que yo escogía. A tardes de domingo doblando la ropa juntos, peleando porque yo hacía montones torcidos. A noches en las que la ayudaba a colgar sus vestidos después de alguna salida, y ella me abrazaba por detrás mientras yo los acomodaba. Todo eso volvió de golpe, como una película muda proyectada dentro de mi pecho.

En un impulso extraño, como queriendo estar más cerca de ella, tomé uno de sus libros. Estaba en la repisa del armario, entre varios que le regalé y algunos que compró ella por capricho. No pensé demasiado. Solo lo abrí al azar, como quien busca una señal, una respuesta, un alivio. Y entonces pasó algo que no esperaba: una hoja cayó. Una hoja doblada en cuatro, con tinta azul y dibujos torpes. Me quedé mirándola sin tocarla, como si fuera sagrada. La levanté con cuidado, temblando, y la desdoblé lentamente. Era una nota suya. Una de esas que me dejaba de vez en cuando sin ninguna razón, escondida en un libro, en mi cartera, entre la ropa. Siempre hacía eso. Decía que le gustaba la idea de que, algún día, cuando yo menos lo esperara, encontraría una prueba de que ella me amaba. Y ahí estaba: una nota simple, sin fecha, sin destinatario, pero tan suya que dolía. Tenía un corazón mal dibujado, con dos personajes de palitos abrazándose, y debajo, con su letra pequeña, una frase: "Tú eres mi lugar favorito del mundo."

Me quebré. No hay otra forma de decirlo. Me rompí por dentro como si alguien hubiera tirado de un hilo que sostenía todo mi ser. Esa frase, esa nota, esa ternura perdida. Me costó respirar. Sentí que se me cerraba la garganta, que todo el aire del cuarto había desaparecido, que no quedaba nada más que ese papel y yo, enfrentados en una soledad insoportable. Me la llevé al pecho, como si pudiera abrazarla a través de eso. Como si ese pedazo de papel pudiera contener todos los abrazos que ya no tengo, todas las palabras que no volvieron.

Guardé la nota en mi billetera. Como si al tenerla cerca, aunque sea en el bolsillo, pudiera protegerme del olvido. Como si pudiera fingir que una parte de ella aún camina conmigo. Y es absurdo, lo sé. Un pedazo de papel no es una persona. Pero en esta soledad tan densa, uno se aferra a cualquier cosa que tenga su olor, su trazo, su esencia. La doblé con cuidado, como si fuera frágil, como si temiera que se deshiciera si la apretaba demasiado. Y la guardé. No para esconderla, sino para cargarla conmigo, como quien carga un relicario, una promesa, una parte de su corazón.

Pasé el resto del día recordando otras notas que me dejó. Algunas eran tontas. Un dibujo de un gato, una broma interna, una lista de compras con corazones en vez de viñetas. Otras eran más profundas: confesiones tímidas de amor, de miedo, de esperanza. Ella escribía como hablaba: con el alma al desnudo. Nunca usaba palabras grandes, ni frases cursis. Pero cada letra suya estaba cargada de una honestidad que me desarmaba. Y me doy cuenta ahora de cuánto extraño eso: su forma de decir las cosas sin vueltas, su manera de demostrar amor en lo cotidiano. Yo solía decir que ella hacía del mundo un lugar más suave. Y era verdad. Donde estaba ella, todo parecía menos duro. Menos cruel. Menos frío.

Y ahora... ahora todo es otra cosa. Cada rincón de la casa me resulta inmenso, desordenado, hueco. Como si la luz no entrara igual. Como si las paredes estuvieran de duelo. Y yo, que fui quien se fue, que fui quien soltó la cuerda, no sé cómo sostenerme. Porque, aunque suene contradictorio, yo también me siento abandonado. Me abandoné a mí mismo cuando decidí perderla. Me traicioné. Y esa traición es la que más pesa. Porque no fue una pelea. No fue una traición. No fue un motivo claro. Fue ese desgaste lento, esa tela que se rasga de a poco hasta que ya no sostiene nada. Y cuando quise reaccionar, ya estaba cayendo.

Me pregunté muchas veces hoy cómo se vive con la sombra de alguien que aún respiras todos los días. Porque ella está en todo. En los libros, en el abrigo, en las notas, en el café que preparo aunque ya no sepa igual. En los silencios de la casa, en los espejos, en las canciones que no me animo a volver a escuchar. Y más allá de todo eso, está en mí. En mi forma de mirar las cosas, en mis palabras, en la manera en que ahora me abrigo o me peino. Ella se quedó en mis costumbres. Me enseñó cosas que ya no puedo desaprender. Me dio maneras nuevas de ver el mundo. Y ahora no sé cómo deshacerme de eso, ni siquiera sé si quiero. Porque deshacerme de ella sería como deshacerme de una parte de mí.

Hay quienes dicen que el tiempo lo cura todo. Pero yo no quiero curarme. No todavía. Porque hay dolores que merecen quedarse un rato, que tienen derecho a doler, a marcar, a recordarnos que hubo algo valioso. Y lo nuestro lo fue. Tal vez no perfecto, tal vez no eterno, pero real. Dolorosamente real.

Ahora es tarde. La ciudad duerme y yo sigo despierto, con el armario aún abierto y el corazón desordenado. Miro ese abrigo azul una vez más antes de apagar la luz. No sé cuánto tiempo más estará ahí. No sé si algún día tendré el valor de moverlo. Tal vez sí. Tal vez no. Tal vez nunca. Pero esta noche sigue ahí, como una promesa rota, como un faro sin luz. Y yo sigo aquí, escribiendo, porque es lo único que me queda. La escritura y esa nota en la billetera. Un pedazo de ella. Un eco lejano de lo que fuimos. Y aunque la sombra de su ausencia me abrace, aunque el aire me duela, aunque el futuro sea un terreno incierto, hoy, solo por hoy, me permito quedarme quieto en este dolor. Porque es la única forma que tengo de seguir amándola, aunque ya no esté.

DÍA 7

20, Abril 2025

Hoy vi una foto suya. Fue un golpe seco, uno de esos que no te esperas y por eso duelen más. No estaba buscándola, no estaba intentando encontrarla. Fue un accidente. Un amigo en común publicó algo, una historia de esas que aparecen de pronto, y ahí estaba ella. Una imagen fugaz, apenas unos segundos. Pero suficiente para desencajarme entero. Suficiente para que el día cambiara de color. Para que me doliera hasta la respiración.

En la foto estaba en una terraza. Una de esas terrazas altas desde donde se ve la ciudad entera, con sus edificios torcidos y su cielo siempre a medias. Me pareció un lugar familiar. Tal vez porque fuimos alguna vez, o porque podría haber sido uno de esos sitios donde solíamos reírnos sin miedo. Estaba rodeada de gente, pero ella brillaba. Tenía el cabello suelto, desordenado por el viento, ese mismo viento que tanto le gustaba sentir en la cara. Tenía una copa en la mano y los labios entreabiertos en una sonrisa que no sé si era feliz, pero que era suya. La reconocí al instante. Esa curvatura exacta en su boca. Esa forma de inclinar la cabeza como si estuviera riéndose de algo muy tonto. Esa luz en los ojos.

Y ahí fue cuando me rompí.

Me quedé mirando la pantalla como si fuera un umbral. Como si pudiera entrar por ahí, volver a su lado, decirle que me equivoqué, que sigo amándola, que no hay un solo día en que no la extrañe con una violencia que me asusta. Pero no se puede. Es una foto. Un momento congelado. Un instante al que ya no pertenezco. Y esa es la parte que más duele: darme cuenta de que ya no tengo lugar en su mundo. Que esa mesa, esa copa, esa risa, esa vida... ya no me incluyen. Estoy fuera. Como si me hubieran borrado suavemente, sin ruido, sin drama, y ahora el escenario sigue sin mí.

Me pregunté si estaba feliz. Si de verdad lo estaba, o si era solo esa máscara que todos nos ponemos cuando alguien toma una foto. Pero incluso si era una máscara, seguía viéndose hermosa. Seguía pareciendo viva. Seguía siendo ella. Y yo... yo me sentí como una sombra. Como el eco de algo que alguna vez fue. Pensar que tal vez está aprendiendo a vivir sin mí me estruja. Porque yo no sé cómo hacer eso. No sé cómo caminar sin recordar su ritmo. No sé cómo ver una película sin imaginar qué habría dicho ella. No sé cómo preparar la cena sin extrañar su cuchara robándome la salsa, su dedo mojando el arroz para "probar". Todo está empapado de ella. Todo.

Desde que la vi, no he podido quitarme esa imagen de la cabeza. La repetí una y otra vez, como si al verla muchas veces pudiera entender algo que se me escapa. Como si sus ojos pudieran decirme si piensa en mí, si aún hay algo, si alguna parte de su sonrisa me pertenece. Pero no lo sé. Y lo más probable es que no. Porque el mundo sigue girando, aunque el mío esté quieto. Porque ella sigue siendo luz, y yo me he convertido en sombra.

¿Será que me está olvidando? ¿Será que ya lo hizo? Esa pregunta me taladró la cabeza todo el día. No importa cuántas veces trate de racionalizar, de decirme que esto era inevitable, que la ruptura era necesaria. El corazón no entiende razones. Solo siente. Y yo siento que se me escapa. Que cada día sin hablarme, sin buscarme, sin mencionarme, es una confirmación silenciosa de que estoy quedando atrás. Como un libro que se cierra. Como un perfume que se evapora. Ella, que era mi todo, puede estar aprendiendo a respirar sin mí. Y eso... eso me parte el alma.

Me pregunto si alguna vez piensa en mí. Si cuando escucha alguna canción que escuchábamos juntos, siente aunque sea una punzada. Si cuando pasa por nuestra esquina favorita le llega un eco de nosotros. Si su cuerpo recuerda mis caricias cuando está sola, si su piel guarda mi temperatura. Me pregunto si alguna parte de ella también se siente incompleta. O si ya encontró maneras nuevas de estar entera. Si alguien más la hace reír. Si alguien más la abraza por la espalda mientras cocina. Si alguien más le dice que su voz es la cosa más linda del mundo.

Y mientras yo pienso todo esto, ella sigue en esa terraza. Sigue en esa foto. Sonriendo. Lejos.

No sé qué duele más: si imaginar que ya no me necesita, o aceptar que yo no dejo de necesitarla ni por un minuto. Ella vive en mi cabeza como una canción que no se detiene. Y no hay forma de apagarla. La tengo en todas las versiones posibles: su voz diciéndome que me ama, sus manos frías en invierno, su forma de dormir con una pierna fuera de la manta, su risa en mitad de una discusión, su silencio cuando tenía miedo. Todo está aquí. Todo resuena. Y yo me siento como un cuarto vacío que repite sus sonidos porque no sabe qué más hacer.

Después de ver la foto, salí a caminar. Necesitaba aire, aunque el aire duela. Me fui sin rumbo, como siempre últimamente. Y cada persona que reía me parecía una burla. Cada pareja de la mano me pareció una ofensa. Todo me dolía. Todo era una confirmación de mi soledad. En algún momento me senté en un banco, frente a un parque. Cerré los ojos y pensé en ella. En su olor, en sus ojos, en sus pequeños gestos cotidianos. Y quise gritar. No lo hice, claro. No tengo ni fuerza para eso. Pero por dentro, estaba gritando. Como si el pecho fuera una jaula y el grito un animal salvaje encerrado.

No entiendo cómo se sobrevive a esto. No me entrenaron para perder a quien era mi casa. Nadie te enseña a dejar de imaginar futuros compartidos. Nadie te dice cómo apagar los planes, los nombres de los hijos, los viajes, las películas pendientes. Nadie te da un manual para decirle adiós a alguien que todavía vive dentro de ti.

Y no se trata de orgullo, ni de celos. Se trata de amor. Un amor que no ha encontrado dónde ir ahora que ya no tiene un cuerpo donde habitar. Un amor desorientado. Un amor perdido. Y yo, que decidí alejarme por miedo, ahora camino solo entre las ruinas de lo que construimos. Y lo peor es saber que no puedo pedirle que regrese. Porque no sería justo. Porque ella merece alguien que no huya, alguien que se quede incluso cuando todo tiemble. Y yo no supe quedarme. Me asusté. Me alejé. Pensé que estaba eligiendo libertad, y ahora sé que solo elegí vacío.

La foto desapareció a las 24 horas, como todas las historias. Pero quedó impresa en mí. Como una quemadura. Como un tatuaje mal hecho. Me persigue. Se repite. Se burla. Porque esa sonrisa, esa imagen, ese segundo, me mostró lo que ya no tengo. Y no sé si algún día podré dejar de verla, incluso cuando ya no esté.

Antes de dormir, volví a mirar su perfil. No había nada más. Ninguna señal. Ningún mensaje oculto. Solo ese silencio que crece entre nosotros como un muro de hielo. Y yo me pregunto si alguna vez me escribirá. Si alguna vez querrá saber cómo estoy. Si en alguna madrugada le dará por buscar mi nombre, como yo busco el suyo cada noche. Pero no lo sé. Y lo más honesto que puedo decir ahora es que la extraño con todo lo que soy. Que la amo todavía. Que daría todo por un mensaje suyo, por una palabra, por una mínima señal de que aún existo en su memoria.

Pero por ahora, solo tengo esta foto. Y el silencio. Y esta canción que no para de sonar en mi cabeza, como un eco que no encuentra salida. Su nombre, su risa, su vida... todo sigue tocando, aunque yo haya dejado de bailar.

DÍA 8

21, Abril 2025

Hoy intenté escribirle. No fue algo planeado. No lo pensé demasiado. Fue más bien un impulso, uno de esos actos desesperados que nacen del pecho cuando uno ya no sabe qué hacer con tanto sentir. Me desperté con el corazón más pesado que de costumbre, como si hubiese dormido con un bloque de concreto encima. El aire parecía espeso, y desde temprano el día se sentía malherido. No fue un día cualquiera. Fue uno de esos en los que el recuerdo no se limita a tocar la puerta, sino que entra, se sienta, se queda, y no te deja en paz. Y en medio de todo eso, abrí nuestro chat.

Ahí estaba, esperándome. Esa conversación cargada de todo lo que fuimos. Un cementerio digital de carcajadas, promesas, peleas, reconciliaciones, ternura. Recorrí los mensajes con cuidado, como quien camina entre escombros tratando de no cortarse con los restos de lo que alguna vez fue un hogar. Vi nuestras fotos, nuestros emojis tontos, nuestras frases privadas que solo tenían sentido para nosotros. Cada línea me perforaba un poco más. Me topé con uno de sus mensajes: "Prométeme que siempre vamos a hablarnos, incluso si todo se rompe". Y entonces no pude más. Escribí.

Las palabras me salieron como un vómito del alma. Un párrafo entero, tal vez más. Le dije cuánto la extraño, cuánto me duele este silencio, cuánto daría por retroceder el tiempo, por reparar lo que rompí, por abrazarla otra vez. Le hablé desde lo más hondo, con una sinceridad que asustaba, con ese temblor que uno solo conoce cuando ya no tiene nada que perder. Le confesé que todos los días pienso en ella, que todo me recuerda a su voz, a sus manos, a su manera de ver el mundo. Le dije que me duele no estar a su lado, que su ausencia es como una herida abierta que no deja de sangrar.

Y luego lo borré.

No sé cuántos segundos pasaron entre el último punto y la decisión de eliminarlo todo. Tal vez fueron minutos. Tal vez fue una eternidad. Lo cierto es que algo dentro de mí se rompió en ese instante. Porque borrar ese mensaje fue como cerrar una puerta que se resiste. Como mirar hacia un abismo y dar un paso atrás. No lo hice porque no quisiera hablarle. Todo lo contrario: mi alma entera gritaba por hacerlo. Pero sentí que si le escribía, le haría daño. Que mis palabras, por más sinceras y limpias que fueran, serían una carga. Un recordatorio innecesario. Un ancla en medio de un océano que tal vez ya está aprendiendo a cruzar sola.

Y yo no quiero ser eso. No quiero ser quien interrumpa su proceso, quien complique su camino hacia la calma. Quizá ya está curando. Quizá ya está empezando a sonreír sin que le duela. Y mis palabras, mi arrepentimiento, mi nostalgia... todo eso podría abrirle otra vez la herida. Podría arrastrarla conmigo a este lugar oscuro del que yo aún no logro salir. Y no sería justo. Porque si algo le debo es dejarla en paz. Es permitirle sanar sin volver a traerle el eco de mis errores, sin clavarle otra vez las astillas de todo lo que no supe sostener.

Y eso me mata.

Porque ser el silencio que la acompaña también duele. Duele profundamente. Duele de una forma difícil de explicar, como si viviera con una versión mía que grita hacia dentro mientras hacia fuera se queda inmóvil. Me encantaría saber cómo está. Si duerme bien. Si se ríe. Si ha comido su postre favorito, ese que solo compraba los martes. Me encantaría que me contara una tontería de su día. Que me compartiera un pensamiento al azar. Que me enviara uno de esos audios que tanto me gustaban. Pero todo eso ya no existe. Ya no me corresponde. Ya no es para mí. Y aunque sé que probablemente no tiene sentido, me cuesta tanto no escribirle.

No dejarle siquiera una línea, un “te pienso”, un “lo siento”, un “te extraño tanto que me cuesta respirar”.

Hay una parte de mí que sigue esperando que ella lo haga. Que un día cualquiera, en medio de este dolor mudo, aparezca su nombre en la pantalla. Como antes. Como cuando discutíamos y a los minutos venía el mensaje de reconciliación. Como cuando me decía que no podía soportar ni un día más sin hablar conmigo. Pero ahora no hay mensajes. No hay reacciones. No hay señales. Solo este vacío enorme, este espacio que antes ocupaba su voz y ahora está lleno de nada.

No sé cómo se hace para matar un amor que no se quiere morir. Porque eso es lo que siento: que este amor se resiste. Que, pese a todo, sigue latiendo. Y no con ternura. Late con rabia, con tristeza, con nostalgia. Late como un animal herido. Como si se negara a aceptar que el otro ya no está, que el “nosotros” ya es solo un recuerdo. Y cada día es una lucha entre lo que quiero hacer y lo que debo hacer. Entre escribirle o dejarla en paz. Entre buscarla o desaparecer. Y ninguna opción me salva. Porque todas me duelen.

Hoy, después de borrar el mensaje, me quedé mirando la conversación abierta. Fue como mirar una herida abierta que ya no sangra, pero tampoco cierra. Estaba todo ahí, pero también ya no había nada. Un espacio lleno de fantasmas. Palabras muertas. Promesas que no sobrevivieron al miedo. Me sentí el villano de una historia que no quería acabar. Sentí que fui yo quien encendió la mecha. Que fui yo quien dejó caer la última piedra. Y ahora cargo con esa culpa como si fuera una cruz. Porque lo que más me quema por dentro es el arrepentimiento. No solo de haberla dejado, sino de no haberme quedado a luchar. De no haberle contado todo lo que me pasaba. De no haberle mostrado mis heridas a tiempo. Porque tal vez ella habría entendido. Tal vez habríamos encontrado juntos una salida. Pero me callé. Me fui. Me perdí. Y la perdí.

Y ahora estoy aquí, escribiendo esto. Hablándole a una hoja porque no tengo el valor de hacerlo directamente. Porque el miedo ya no es a que me rechace, sino a dañarla más. A ser una sombra más en su camino. A estorbar. A doler. A romper otra vez algo que apenas si está empezando a sanar. Me duele su ausencia, pero me duele aún más la imposibilidad de acompañarla siquiera desde lejos.

He leído que algunas personas dejan de amar poco a poco. Que el olvido llega como la marea, suave, constante, paciente. Pero este amor mío no tiene esa calma. No es mar. Es incendio. Y me consume cada día un poco más. Siento que me está devorando desde dentro. Que me está dejando hueco. Y aún así, no sé cómo soltarlo. Porque soltarla sería como borrar una parte de mí. Como arrancarme el pecho y aprender a respirar de nuevo. Y no estoy listo para eso. No todavía.

Tal vez algún día pueda escribirle. Tal vez, cuando el dolor no sea un cuchillo sino apenas una cicatriz. Tal vez, cuando mis palabras ya no estén hechas de lamento sino de gratitud. Tal vez, cuando el amor ya no sea una herida abierta sino una canción triste que puedo escuchar sin llorar. Tal vez entonces pueda decirle todo. Decirle que siempre fue mi hogar. Que incluso en mi silencio, la he amado cada día. Que su recuerdo me ha enseñado más de lo que jamás aprendí en cualquier otra parte. Que lo siento. Que lo intento. Que la guardo dentro de mí como lo más sagrado que he tenido.

Pero hoy no es ese día. Hoy solo tengo este diario. Este espacio donde mi amor puede hablar sin hacer daño. Donde mi arrepentimiento tiene permiso de desbordarse. Donde puedo seguir queriéndola sin interrumpir su paz. Hoy soy el que escribe sin enviar. El que ama sin molestar. El que recuerda sin tocar. Y aunque eso me duela más de lo que puedo decir, también entiendo que es lo único que puedo ofrecerle ahora.

Silencio. Respeto. Amor desde lejos.

Y este amor mío, por más roto, por más solo, todavía sigue siendo suyo.

DÍA 9

23, Abril 2025

Me refugié en el alcohol esta noche. No era mi plan. No lo tenía pensado. Solo sucedió. Me senté frente a la botella como quien se sienta frente a un espejo, buscando no la imagen, sino la distorsión. Sirvo una copa, la miro, y me digo que será una sola. Una medida precisa para calmar el pecho, para apagar por un rato los recuerdos, para enterrar por unos minutos la ansiedad que me aprieta las costillas como un puño invisible. Pero es mentira. Una copa nunca es una sola cuando lo que uno intenta es olvidarse de sí mismo. Y yo no quería emborracharme: quería desvanecerme. Desaparecer en el fondo del vaso, donde quizá pudiera esconderme de esta culpa que me muerde las entrañas cada vez con más hambre.

La segunda copa llegó rápido. La tercera aún más. Para la cuarta ya no sabía si estaba bebiendo para dejar de pensar o para seguir pensando sin que me duela tanto. Me dolía igual, claro, pero con esa especie de entumecimiento que engaña al alma y le susurra que todo está bajo control. Mentiras. Me convertí en un mar de contradicciones. Lloraba mientras reía, reía mientras me ahogaba, me ahogaba mientras suplicaba, sin palabras, que todo fuese un mal sueño. Pero no lo es. Ella no está. No va a volver. Y yo estoy más solo que nunca.

En algún momento de la noche, no sé bien cuándo, empecé a hablar en voz alta. Tal vez pensaba que ella podía oírme desde alguna parte. Tal vez mi corazón ya no podía cargar tanto sin estallar. Dije su nombre. Lo dije una, dos, muchas veces. Como si al repetirlo pudiera conjurarla, invocarla como un fantasma bueno, como una luz que viniera a salvarme de esta oscuridad. Dije "perdón", lo dije susurrando, lo grité, lo lloré. Y luego vino la pregunta que me repito desde que esto comenzó, pero que hoy se volvió un clamor desgarrador: ¿Qué he hecho?

¿Qué fue lo que rompió en mí el día que decidí dejarla? ¿Qué parte de mi mente se quebró como para no ver lo evidente, lo hermoso, lo irrepetible? Porque eso éramos: irrepetibles. Dos piezas que se habían moldeado a golpes para encajar, y que ahora yacen rotas, inservibles, sin manual para reconstruirse. Me odio por haber creído, aunque fuera por un segundo, que estaría mejor sin ella. Me odio por haber pensado que era más fácil huir que quedarse a luchar. Porque eso hice: huí. Me asustó la rutina, el miedo a fallarle, la sombra de mi propio caos, la sensación de no ser suficiente. Y en vez de hablarlo, en vez de desnudar mi alma y suplicarle que me ayudara a entenderme, me alejé. La solté. La vi llorar, y aún así cerré la puerta. ¿Quién hace eso? ¿Qué clase de cobarde?

Esta noche, con el alcohol corriendo por mis venas como un veneno dulce, todo lo veo con una claridad cruel. La dejé porque tenía miedo. Y ahora el miedo me ha dejado sin nada. No hay una sola fibra en mí que no la necesite. Cada parte de mi cuerpo, cada pensamiento, cada respiro, la busca. La invoca. La extraña como se extraña a una patria perdida. Y no hay tregua. No hay descanso. Ni siquiera el sueño me ofrece un refugio. Porque cuando por fin cierro los ojos, cuando el peso del alcohol parece llevarme al olvido, ahí aparece ella. En sueños, en escenas que duelen más que la realidad. Porque en ellos aún me sonríe. Aún me llama por mi apodo. Aún me besa como si no me hubiese soltado nunca. Y al despertar, la caída es más brutal.

Lloré. Lloré en voz alta, como un niño perdido, como alguien que clama por su madre en medio de la noche. Sin pudor. Sin contención. Lloré desde el lugar más primitivo de mi ser, ese que no sabe de orgullo, ese que solo conoce el dolor. Y me sentí patético, sí. Me sentí ridículo. Pero también me sentí real. Porque en ese llanto estaba la única verdad que me sostiene: la amo. La amo con una desesperación que no sé cómo manejar. La amo con rabia, con ternura, con tristeza, con una mezcla peligrosa de sentimientos que no encuentra salida.

Y no sé cómo vivir con eso. No sé cómo se vive sabiendo que uno arruinó lo único que de verdad valía la pena. Porque eso era ella: mi refugio. Mi certeza en medio del caos. Mi pequeña isla cuando todo lo demás se venía abajo. Ella me conocía como nadie. Me tocaba el alma sin hacer ruido. Me curaba sin que se lo pidiera. Me daba razones para levantarme incluso en los días más grises. Y yo, estúpido de mí, me convencí de que debía alejarme. Que tal vez la estaba frenando. Que no merecía su amor. Que no sabía amar. Y en vez de aprender, de crecer junto a ella, me fui.

Y ahora estoy aquí, rodeado de botellas vacías y preguntas sin respuesta. Preguntas que no paran de repetir en mi cabeza como una letanía: ¿por qué lo hice? ¿por qué no me detuve? ¿por qué la herí de esa forma? No tengo respuestas. Solo tengo este eco constante que me dice, con una claridad implacable, que arruiné algo sagrado. Que maté con mis propias manos el único jardín que florecía en medio de mi desierto. Y ahora todo es arena. Yermo. Silencio.

He intentado justificarme mil veces. Decirme que fue lo mejor. Que era necesario. Que ambos necesitábamos espacio. Pero son mentiras que ya no me creo. Porque la verdad, cuando uno está solo en mitad de la noche y el mundo se reduce a una copa vacía, es imposible de ignorar. La verdad es que la sigo amando. Que la necesito para respirar. Que su ausencia me ha dejado incompleto. Que no sé quién soy sin ella. Y que no quiero ser este que soy ahora: este naufrago que bebe para olvidar y termina recordando aún más.

Pienso en buscar ayuda, lo juro. Pienso en ir a terapia, en hablar con alguien, en intentar reconstruirme. Pero incluso eso me parece una traición. Como si al curarme estuviera aceptando su partida. Como si sanar implicara dejarla atrás. Y aún no puedo.

Aún no quiero. No estoy listo para decir adiós de verdad. Porque mi corazón, testarudo, terco, aún cree que hay una mínima posibilidad de redención. Que quizás, algún día, si el universo es generoso, si el tiempo es sabio, si el amor aún nos guarda en sus páginas, pueda volver a verla sin que me tiemble el alma. Decirle, con la voz firme, todo lo que ahora apenas puedo escribir.

Pero mientras tanto, solo tengo este dolor. Esta culpa. Esta soledad tan sonora que no me deja pensar en nada más. Y este intento torpe de anestesiarme con alcohol, que no hace más que abrirme las heridas. Lo sé. Sé que esto no es el camino. Que no voy a encontrar consuelo en una botella. Que ningún licor es capaz de borrar un amor verdadero. Pero también sé que esta es mi forma de caer. De tocar fondo. De mirarme sin disfraces. Y tal vez, solo tal vez, desde aquí pueda empezar a reconstruirme.

No sé qué haré mañana. No sé si podré con este peso. Pero hoy, al menos, he dicho la verdad. Aunque sea a estas páginas. Aunque sea entre lágrimas. Aunque sea entre tragos.

La arruiné. Lo arruiné. Y me arruiné también a mí.

DÍA 10

24, Abril 2025

Hoy, al despertar, sentí que me ahogaba. No fue un sobresalto, no fue un mal sueño. Fue peor. Fue la conciencia de estar despierto en una realidad que ya no tiene su rostro. Una angustia sorda que me apretó el pecho como si algo invisible se hubiese sentado sobre mí. Me quedé acostado, inmóvil, por horas, mirando el techo con los ojos abiertos, como si en esas grietas pudiera encontrar alguna señal, alguna salida, alguna forma de huir. No tenía fuerzas ni para parpadear. No quería enfrentarme al mundo otra vez. No quería sentir ese vacío que me persigue desde que ella se fue. Cerré los ojos por momentos, intentando imaginarla. La veía tan nítida: entrando por la puerta, con esa forma suya de aparecer y llenarlo todo de luz, diciendo "todo está bien" como si el mundo pudiera enderezarse con una sola frase. Pero no lo está. Nada lo está. Y su voz, por más que la invente, no puede salvarme de esta prisión que yo mismo construí.

La verdad es que no me duele solo su ausencia. Me duele todo lo que éramos. Todo lo que soñamos. Me duele el futuro que perdí. Porque ella no era solo mi presente, era el mapa de lo que vendría. Todo lo que proyectaba tenía su rostro en algún rincón. Su risa como fondo. Su mano como guía. Cuando uno ama así, de esa forma total, entregada, vivir sin esa persona no es simplemente seguir adelante: es caminar entre ruinas. Cada rincón del día se ha convertido en una memoria que me hiere. El café de la mañana me recuerda cómo me miraba entre sorbos, las calles que piso me devuelven ecos de nuestras caminatas, incluso el aire parece tener partículas de su perfume. No hay descanso. No hay tregua. Solo esta sensación constante de que el mundo perdió su sentido.

Intento convencerme de que con el tiempo sanaré, de que esta herida abierta se cerrará sola si le doy los días suficientes. Pero sé que no es verdad. ¿Cómo se cicatriza algo que estaba tan profundamente unido a quien soy? Ella no fue un capítulo. Fue el libro entero. Mi historia estaba escrita con sus letras, con su voz, con su risa. Y ahora, sin ella, cada página se me deshace entre las manos. Me repito frases hechas, intento encontrar consuelo en palabras prestadas, en canciones, en poemas que otros escribieron para sobrevivir a lo mismo. Pero nada me llena. Nada me sirve. Porque nadie la conocía como yo. Porque nadie la amaba como yo. Y ningún consuelo genérico puede tocar esta pena tan específica.

El sol entró por la ventana como una burla. Iluminaba todo con una belleza estéril, como si el mundo quisiera seguir siendo hermoso pese a mi tristeza. Pero yo ya no lo veo así. Todo me parece gris. Incluso el cielo más azul me resulta ajeno. Como si el color hubiese dejado de tener sentido. Y eso me da miedo. Porque si no puedo volver a ver belleza en las cosas, ¿qué me queda? Si ella era quien me enseñaba a mirar, quien me señalaba la poesía escondida en los días más simples, ¿cómo se aprende a mirar sin ella?

Hoy no comí. No por falta de hambre, sino por falta de voluntad. Sentarse a la mesa es otra forma de recordarla. De imaginarla ahí, sonriendo con su manera de arrugar la nariz, diciéndome que me lave las manos antes de tocar el pan. Cada gesto que hago solo remarca su ausencia. Y lo peor es que yo mismo la provoqué. No puedo culpar al destino. No puedo culpar a la vida. Fui yo. Yo fui quien la dejó ir. Quien creyó que podía respirar sin ella. Y ahora, cada bocanada de aire se me vuelve castigo.

Algunos me han escrito. Amigos, conocidos, personas que saben algo de lo que pasó. Todos con buenas intenciones. Todos con consejos. "Tienes que salir", me dicen. "El tiempo lo cura todo". Me esfuerzo por responder con educación, pero por dentro grito. Porque no entienden. Porque nadie entiende. El dolor verdadero no se puede compartir. Es una cárcel de un solo preso. Una lengua sin traducción. A veces deseo que alguien me mire a los ojos y sepa, sin que tenga que decir nada, lo que estoy sintiendo. Que vea el temblor que hay en mí, la grieta que no deja de crecer. Pero supongo que eso no es posible. Supongo que este dolor es mío y solo mío.

He pensado en escribirle de nuevo. No para pedirle nada. Solo para decirle que la sigo amando. Que lo que hicimos no fue en vano. Que cada día sin ella es una lección cruel que me recuerda cuánto significaba. Pero me detengo. Porque sé que no merezco consuelo. Y porque no quiero interrumpir su proceso, su intento por reconstruirse después de mí. Lo último que querría es hacerle daño otra vez. Así que me quedo con mis palabras, atrapadas en este cuaderno, en este intento de exorcismo que no termina de funcionar.

Quizás eso es lo peor: que no hay castigo suficiente para esto. Que no hay forma de pagar lo que hice. Que simplemente tengo que vivir con ello. Día tras día. Pensando en cómo habría sido si me hubiese quedado. Si hubiese hablado. Si hubiese luchado. Si no hubiese tenido tanto miedo. Pero el amor, a veces, no es suficiente para vencer los fantasmas internos. Y yo tenía muchos. Y ahora tengo uno más: el fantasma de ella, que me acompaña en cada rincón de esta casa, en cada rincón de mí.

No sé qué pasará mañana. No tengo fuerzas para pensar tan lejos. Solo sé que hoy fue otro día sin ella. Otro día que no termina. Otro día en que el dolor me despertó antes que el sol. Y que todo sigue igual. Y que todo sigue peor.

DÍA 11

25, Abril 2025

La casa está en silencio. No un silencio simple, de esos que acarician el alma o permiten descansar la mente. No. Este es un silencio denso, viscoso, espeso como niebla en la garganta. Un silencio que se instala en los rincones y se niega a marcharse, que se cuela por debajo de las puertas y se aferra a las paredes como moho emocional. Antes, ese mismo silencio era otra cosa. Era un espacio sagrado, compartido. Ella leía, yo escribía, y no hacía falta hablar. El mundo quedaba fuera mientras nosotros flotábamos en una calma hecha de complicidad. Un silencio lleno de sentido. Pero ahora... ahora es una tumba. Ahora no hay palabras, ni compañía, ni ruido de taza sobre la mesa. Solo está el eco de su ausencia, que retumba incluso cuando no me muevo. Y eso me está volviendo loco. Me detengo a escuchar, como si en algún momento ese silencio fuera a romperse con su voz, como si el universo fuera a devolverme su risa de improviso. Pero no. Nada llega. Nada suena. Solo este peso invisible que me aplasta sin tocarme.

Intenté poner música. Pensé que tal vez el ruido me salvaría. Que una melodía cualquiera podría disipar esta nube que me sigue. Pero fui un idiota. Elegí una de nuestras listas, una que solíamos escuchar los domingos por la mañana mientras cocinábamos, mientras ella bailaba descalza, con el cabello revuelto y esa sonrisa que parecía hecha de luz. La música empezó a sonar, y con ella vinieron los fantasmas. No como recuerdos suaves, sino como estocadas precisas, brutales. Cada acorde, una imagen. Cada letra, una frase que ella solía tararear. Me vi de nuevo abrazándola en la cocina, riéndonos sin motivo. La vi a ella con una cuchara en la mano, usándola de micrófono mientras me hacía reír hasta que se me olvidaba el mundo. Y de pronto, todo se volvió insoportable. Corrí a apagarlo. Cerré todo. Apagué la luz. Me encerré en el cuarto como quien se atrinchera en medio de una guerra. Como si el problema estuviera afuera y no dentro de mí. Pero no hay muralla que me proteja de esto. No hay puerta que mantenga a raya lo que llevo adentro.

He llegado a entender que el dolor más cruel no es el que grita, sino el que susurra cuando nadie te ve. Ese que se instala en lo cotidiano, en las pequeñas cosas. El que se esconde en el momento exacto en que sirvo un solo plato, en que me lavo los dientes sin escuchar su voz en el pasillo. Ese dolor es el más persistente. Porque no depende de recuerdos grandes ni de momentos trascendentales. Vive en lo mínimo, en lo doméstico. En lo que no puedo evitar. Y ese es el que más me destruye. Porque no hay forma de esquivarlo. Está en todas partes. Es una sombra fiel que me sigue incluso cuando intento no pensar en ella.

Hoy me descubrí hablándole en voz baja, como si estuviera en otra habitación y pudiera oírme. Le conté que no pude dormir, que la música me hizo daño, que la extraño más que ayer. Me escuché a mí mismo y me sentí ridículo, patético. Pero no pude parar. Fue como una necesidad física, como respirar. No sé cuánto tiempo estuve así, hablándole al vacío. A veces me convenzo de que, en algún plano, todavía puede escucharme. Que mis palabras flotan en el aire hasta encontrarla. Pero en el fondo sé que no es así. Que ella está haciendo su vida, probablemente alejándose también de este dolor, de mí. Y eso, aunque lo entiendo, me mata un poco más cada día.

He leído que el amor no muere de golpe, que se desvanece como una vela que se apaga poco a poco. Pero lo mío con ella no fue una llama que se consumió: fue un incendio que arrasó con todo. Y ahora camino entre las cenizas, buscando restos, alguna parte que no esté destruida. Pero no encuentro nada. Solo polvo. Solo silencio. Este mismo silencio que hoy me acompañó todo el día y que no me permite respirar.

Pensé en salir, en caminar sin rumbo como aquel día en que me perdí en la ciudad. Pero el solo hecho de imaginarme entre gente me da ansiedad. No quiero ver sonrisas. No quiero parejas caminando de la mano. No quiero pensar en todo lo que ya no tengo. Me siento como un cuerpo ajeno en un mundo que siguió adelante sin mí. Como si todo hubiera encontrado un nuevo equilibrio menos yo. Y quizás es cierto. Quizás ella ya está mejor. Quizás ya no piensa en mí. Y eso me genera una contradicción horrible: una parte de mí desea que esté bien, porque la amo de verdad. Pero otra, más egoísta, más rota, querría que al menos una parte de ella me extrañe. Que me recuerde cuando escucha esas canciones, que sonría con tristeza al ver las fotos. Que, aunque sea por un segundo, desee volver atrás.

Hay momentos en los que me repito que esto tenía que pasar. Que algo en nosotros se rompió y que no supimos cómo repararlo. Pero inmediatamente después viene el nudo en la garganta, la certeza de que quizás sí pudimos haber hecho algo. Que tal vez un abrazo más, una conversación más honesta, un poco menos de orgullo, nos habría salvado. Y ahí vuelve la culpa. Una culpa que me muerde por dentro. Que me recuerda que fui yo quien se fue. Que fui yo quien soltó la cuerda. Y ahora que caigo al vacío, no tengo a quién culpar.

Esta noche, antes de encerrarme en el cuarto, pasé por el espejo del pasillo. Me detuve a mirarme. Hacía días que no lo hacía. Me vi más flaco, con los ojos hundidos, la barba crecida, el rostro cansado. Me dio pena verme así. No por el aspecto físico, sino por lo que representa. Porque esa imagen en el espejo es el reflejo exacto del hombre que la perdió. Del hombre que no supo cuidar lo que tenía. Del hombre que escribe estas líneas desde una cueva emocional, intentando juntar los pedazos de algo que ya no tiene forma.

He pensado en quemar sus cosas. No por rabia, sino para no

verlas más. Pero no puedo. Cada prenda, cada libro, cada pequeña nota que quedó entre los cajones es como un ancla. Me aferro a ellas como si fueran pruebas de que lo nuestro fue real. Porque cuando el dolor es tan fuerte, uno empieza a dudar de todo. Me pregunto si ella también guarda algo mío. Si cuando abre su armario encuentra mi camisa azul, la que usaba siempre que íbamos a su casa. Si aún huele a mí. Si la abraza alguna noche, solo por no sentir tanto frío. Y esa imagen me rompe, pero también me consuela. Porque en este silencio que me rodea, en este cuarto donde todo me habla de ella, me aferro a la idea de que algo de mí sigue vivo en su mundo.

Mañana no sé qué haré. No quiero pensar en eso todavía. Solo sé que hoy fue largo, como una cuesta infinita que no termina nunca. Y que, por más que intente huir, el dolor siempre me alcanza. No hay refugio cuando el dolor está adentro. No hay escapatoria. Solo esta tinta, estas páginas, esta confesión muda que no sé a quién va dirigida, pero que necesito escribir para no terminar de romperme.

DÍA 12

26, Abril 2025

Me crucé con alguien que se parecía a ella. Fue apenas un segundo, un parpadeo en medio de la rutina, un destello perdido entre la multitud que llenaba la calle con su ruido indiferente. No supe de dónde salió. Iba caminando, cargando una bolsa de papel, el cabello suelto cayendo en ondas casi idénticas a las suyas, una bufanda parecida a la que yo le regalé aquel invierno en que ella no dejaba de quejarse del frío. Y aunque en mi cabeza sabía que era imposible, mi corazón no quiso escuchar razones. Se detuvo, literal y cruelmente, como si todo mi cuerpo hubiera entendido que la posibilidad —remota, absurda— de que fuera ella, merecía toda mi atención. Mi respiración se cortó, mis piernas se congelaron, y por un instante todo lo que había a mi alrededor se volvió borroso. Lo único nítido era esa figura, esa silueta que arrastraba en sí el recuerdo de lo que ya no tengo. Pensé en correr, en gritar su nombre, en abrirme paso entre la gente como si el tiempo fuera a retroceder si lograba alcanzarla. Pensé en suplicarle que me mirara, que me dijera que todo esto era un error, que me perdonaba, que nada estaba perdido aún. Pero no lo hice. Y no porque no quisiera, sino porque en el fondo, en lo más hondo, ya sabía que no era ella. Solo era alguien que se le parecía. Un espejismo con forma de esperanza.

Aun así, pasé el resto del día viviendo en la ilusión de ese momento. Lo volví a revivir una y otra vez, como si al hacerlo pudiera alterar el desenlace. Me imaginé qué habría pasado si la hubiera seguido, si me hubiera acercado. Imaginé que sí era ella, que al verme, sus ojos se llenaban de lágrimas y corría hacia mí. Que nos fundíamos en un abrazo de esos que no necesitan palabras, en uno de esos abrazos que se dan cuando uno vuelve a casa después de haberse perdido mucho tiempo. Me imaginé sus manos en mi rostro, su voz temblando al pronunciar mi nombre, el perdón flotando entre nosotros como una posibilidad tangible. Y también imaginé lo contrario. Que sí era ella, pero al verme bajaba la mirada, se alejaba, me daba la espalda. Que ya no quedaba nada. Que el dolor había endurecido su corazón y que mi presencia era solo una piedra más en su camino hacia la paz. No sé cuál de las dos imágenes me dolió más.

Durante horas me sentí perseguido por esa visión. Caminé por la ciudad con la mente nublada, viendo en cada esquina la posibilidad de que ella apareciera. Me senté en un café y creí escuchar su risa en la mesa de atrás. Miré de reojo y, claro, no era ella. Pero ya no importa. Porque hoy entendí algo: no necesito verla para sentir que está en todas partes. No necesito su cuerpo para que me habite. Ella está impregnada en mis pasos, en mis pensamientos, en cada decisión diminuta del día. Vivo con ella sin tenerla. La escucho sin que me hable. La sueño despierto porque dormir se ha vuelto una guerra que no siempre puedo ganar.

Me pregunto —cada vez con más miedo— qué haría si la viera de verdad. Si un día, en medio de un cruce cualquiera, nuestros caminos se volvieran a tocar. No sé si tendría el coraje de acercarme. No sé si la miraría o bajaría la vista como un cobarde. No sé si ella me sonreiría con nostalgia o me esquivaría como a un extraño más. Lo que sí sé, lo único que sé con absoluta certeza, es que si la tuviera enfrente, caería de rodillas. No por dramatismo, no por impulso, sino porque mi cuerpo ya no sabría sostenerse. Porque llevo doce días tratando de seguir sin ella y el peso se ha vuelto insoportable. Porque no tengo nada que ofrecerle que no esté roto. Solo este amor, este amor inmenso, indestructible, cruel. Este amor que no se va aunque le grite que se largue, que me deje en paz. Este amor que no sabe morir.

A veces me enojo conmigo mismo por sentir así. Me digo que

ya basta, que debo avanzar, que el mundo no va a detenerse a esperarme. Pero luego vuelvo a ese instante, al de esta mañana, y me doy cuenta de que sigo esperando milagros. Que una parte de mí aún cree que esto puede cambiar. Que un giro imprevisto, una casualidad del destino, podría devolverla. Y eso me duele más que todo. Porque esa esperanza, esa fe deshilachada que ya no tiene dónde apoyarse, es la que me mantiene respirando. Y también es la que me mantiene roto.

En algún momento de la tarde entré a una librería, buscando no sé qué. Tal vez quería distraerme, o tal vez buscaba un lugar donde esconderme de la realidad por un rato. Me perdí entre los pasillos. Toqué libros que ella habría amado. Uno en particular me hizo detenerme. La portada era idéntica a un ejemplar que le regalé cuando cumplió veinticinco. Lo abrí. Olía a tinta nueva, a papel limpio, a cosas que aún no han sido manchadas por el dolor. Quise comprarlo. No para leerlo, sino para tenerlo cerca. Como si así pudiera revivir el momento en que se lo di, cuando ella me abrazó y dijo que nadie la conocía como yo. Salí sin comprarlo. No pude. Fue demasiado. Me senté en una banca frente a la librería y volví a llorar. Como un niño. Como un hombre que se ha dado cuenta de que no le quedan defensas.

Volví a casa caminando lento, arrastrando los pies. Al entrar, el silencio me abrazó como siempre. Me quité los zapatos, dejé el abrigo en la silla, y fui directo a su abrigo azul. Acaricié la manga, buscando consuelo en la tela que ya empieza a oler menos a ella. Me senté en el suelo, al lado del armario, y me quedé ahí un rato, sin pensar en nada. Solo sintiendo. Solo sobreviviendo.

No sé si algún día esto se irá. Este nudo en el pecho, esta punzada detrás de los ojos, este desorden interno que no puedo acomodar. Me cuesta pensar en el futuro. Me cuesta imaginar un mañana donde ella no esté. Y aún más, me cuesta pensar que quizás, para ella, ese mañana ya ha comenzado. Que quizás su vida ya ha dado vuelta la página. Que tal vez se está riendo con alguien más, o simplemente aprendiendo a respirar sin mí. Y eso está bien, me repito. Porque si la amo, de verdad la amo, debo querer su felicidad, incluso si yo no soy parte de ella. Pero es una idea que me traga. Que me destroza. Porque yo todavía estoy aquí, esperando una señal, una chispa, un milagro.

Esta noche escribiré su nombre en un papel. Solo eso. Su nombre. Y lo dejaré en la mesita de noche, como una oración. Como una ofrenda muda a este amor que no se resigna. No sé si sirve de algo, pero necesito hacerlo. Necesito recordarme que todo esto es real, que ella existió, que no fue una invención de mi mente febril. Que hubo días de sol, de risas, de café compartido. Y que aunque ahora solo queden cenizas, en algún momento hubo fuego.

Mañana será otro día. No mejor, no peor. Solo otro día sin ella. Pero hoy, por un instante, creí verla. Y aunque me destrozó, también me recordó que sigo sintiendo. Que sigo amando. Que, a pesar del dolor, mi corazón aún se detiene por ella.

DÍA 13

27, Abril 2025

Hoy hablé con su madre. No lo planeé. Fue de esas coincidencias que parecen tejidas por un destino cruel o tal vez misericordioso, no lo sé. Iba por la calle, cabizbajo como siempre, envuelto en mis pensamientos, cuando la vi salir de una tienda. Nos topamos de frente. Por un instante, quise dar la vuelta y desaparecer, como si pudiera huir de todo lo que su figura representa: familia, hogar, historia, y también todo lo que ya no tengo. Pero no lo hice. Me detuve, bajé la cabeza como un niño culpable, y ella me abrazó sin preguntar nada. Fue breve, casual, casi accidental, pero en ese gesto se me rompió el alma. Me preguntó cómo estaba, y yo mentí. Dije "bien" con la misma naturalidad con la que uno dice "gracias" en un ascensor. Una mentira defensiva, automática, desesperada por mantener algo de dignidad. Pero ella no me creyó. Lo notó. Lo sintió, como solo una madre puede sentirlo. Me miró a los ojos y me dijo: "Ella también está triste." Y fue como si me hubieran abierto el pecho con una navaja.

No supe qué responder. Me quedé ahí, tragando saliva, buscando palabras que no llegaban. Su madre continuó hablando, en un tono suave, resignado. Me dijo que su hija ya no sale mucho, que se encierra durante horas en su cuarto, que escribe en un cuaderno que no deja leer a nadie. Que a veces se despierta en medio de la noche y camina por la casa como una sombra sin rumbo. Y yo... yo me sentí morir. Porque no sabía eso. Porque en mi mente, ella ya estaba avanzando, construyendo de nuevo, rehaciendo su mundo sin mí. Pero no. También se desmorona, también lleva el peso de lo que fuimos, también se pregunta —como yo— en qué momento exacto se quebró todo. Y eso me partió. Me arrancó el aire. Me dejó sin palabras.

Pero, al mismo tiempo, encendió en mí una chispa. Una esperanza cruel, torcida, venenosa. La idea de que tal vez aún hay algo entre nosotros. No un amor resucitado, no un regreso inmediato, sino un lazo invisible que aún no ha sido cortado del todo. Algo que tiembla, que se resiste a morir, que se manifiesta en sus noches sin sueño y en mis días sin consuelo. Y me odio por eso. Me odio por desearlo. Porque fui yo quien lo desgarró primero. Fui yo quien soltó su mano. Quien no supo detenerse antes del abismo. Quien creyó, con una soberbia estúpida, que el amor podía sostenerse incluso si uno lo dejaba ir por un tiempo. Ahora entiendo que no. Que el amor no espera. Que el amor necesita cuidado, presencia, compromiso. Y que todo lo que no le di, ahora me cobra factura con intereses.

Después de la conversación, caminé sin rumbo por horas. No podía volver a casa. No quería enfrentarme a sus cosas, a sus fotos, a los rastros que aún habitan entre mis paredes. Pensaba en ese cuaderno. En lo que ella escribe ahí. En si alguna de esas páginas lleva mi nombre. En si alguna palabra mía sigue viva entre sus líneas. Me imaginé sus manos temblando al escribir, sus lágrimas manchando el papel, su corazón intentando ordenar lo que yo dejé en ruinas. Y sentí una mezcla insoportable de dolor y ternura. De culpa y amor. Porque aunque quisiera consolarla, abrazarla, decirle que lo siento con cada célula de mi cuerpo, sé que ya no tengo derecho a tocar su dolor. Lo provoqué yo. Y no sé si algún día podré reparar eso.

Hay una pregunta que me acompaña desde entonces, como un zumbido constante en el fondo del pecho: ¿y si todavía hay algo que salvar? No sé qué es peor, si la idea de que todo terminó o la posibilidad de que aún haya un resquicio donde este amor respire. Porque ambas versiones me desarman. La primera me condena a una resignación fría, a un luto sin final. La segunda me empuja a un arrepentimiento activo, me recuerda todo lo que debería hacer para recuperar lo perdido, todo lo que no hice cuando aún podía. Pero, ¿cómo se reconstruye algo sin invadir? ¿Cómo se extiende la mano sin volver a herir? ¿Cómo se ama a alguien sin pedirle que vuelva?

Esta noche escribí una carta que no pienso enviar. Quería sacar lo que no dije frente a su madre. Quería poner en palabras el eco de esta culpa, esta pena, esta llama que aún me quema por dentro. Escribí que la extraño. Que me cuesta respirar sin ella. Que me gustaría que me odiara, si eso la hiciera más fuerte. Que entiendo si no quiere saber nada más de mí. Pero que no hay día en que no me despierte deseando haber sido distinto. Que si pudiera volver atrás, habría peleado por nosotros, habría sostenido su mano hasta que se me rompieran los dedos. La firmé sin nombre. Como si fuera un susurro lanzado al viento, una botella vacía arrojada al mar. Después la rompí en pedazos y la tiré a la basura. Porque también sé que hay cosas que uno debe cargar solo.

Hoy me acosté con el corazón más pesado que de costumbre. Pero también más humano. Saber que ella también sufre no me da consuelo, pero me hace sentir menos solo en este duelo. Me recuerda que lo que tuvimos fue real, que no fue una fantasía. Que dejó marcas en ambos. Y aunque esas marcas duelan, también son prueba de que fuimos, de que existimos, de que hubo amor. Mañana será otro día. Con su carga, con sus preguntas, con su ausencia. Pero esta noche, al menos, la siento un poco más cerca. No porque haya vuelto, sino porque seguimos conectados por un hilo invisible que, a pesar de todo, no se ha roto del todo. Y eso basta, aunque duela. Aunque me rompa. Aunque me haga odiarme un poco más.

DÍA 14

28, Abril 2025

He perdido la noción del tiempo. Ya no sé en qué día vivo, ni cuántas horas han pasado desde la última vez que pensé en ella —si es que alguna vez he dejado de hacerlo. Los días no son días, son repeticiones vagas del mismo dolor, sombras largas que se superponen, idénticas, interminables. Me despierto tarde, no porque duerma bien, sino porque no hay motivo para abrir los ojos temprano. Ya no tengo a quién preparar café, ni una risa que me reciba en la cocina. Solo el eco de su ausencia, vibrando en cada rincón de esta casa que ya no me pertenece del todo. No tengo ganas. No tengo propósito. El trabajo se acumula en montañas digitales que no toco. Las llamadas suenan y las dejo sonar, como si pertenecieran a otro mundo. No tengo energía para fingir que sigo siendo quien era, para sostener una conversación sin que mi voz tiemble en el segundo en que alguien me pregunte cómo estoy. Me convertí en un fantasma: habito los espacios, pero no los vivo. Camino por las habitaciones como si buscara algo, pero no es algo. Es alguien. Es ella.

Mis pensamientos giran en círculo, siempre alrededor de ella, como un satélite atrapado en la gravedad de un planeta que ya no me quiere cerca. No hay descanso, no hay tregua. Todo lo que hago —aunque lo finja bien— es un intento desesperado por traerla de vuelta. Cocino su plato favorito sin hambre, solo para oler la salsa que tanto le gustaba. Me ducho con su shampoo, como un rito íntimo y absurdo, solo para sentir que su olor sigue aquí, aunque sea en una ilusión. Me acuesto en su lado de la cama, como si pudiera engañar al vacío, como si el calor de su cuerpo pudiera revivir entre las sábanas solo por ocupar su espacio. Pero todo sigue igual. El plato se enfría. El olor se va con el agua. Y su lado de la cama sigue tan frío como el mío.

Estoy atrapado en una coreografía de duelo que no sé cómo detener. Una secuencia de gestos que repito con la esperanza imposible de que algo cambie, de que en medio del ritual algo se rompa —una grieta en el tiempo, un milagro, una señal. Pero no. No pasa nada. Solo yo, solo este amor que ya no tiene cuerpo, solo memoria. Porque eso es lo que queda: recuerdos que se proyectan como diapositivas dolorosas una y otra vez, sin descanso, sin pausa. Ella cantando en la ducha. Ella durmiendo con el ceño levemente fruncido. Ella leyendo en voz baja un párrafo que le gustó. Ella diciendo mi nombre como si fuera una palabra sagrada. Y yo, aquí, aferrado a todo eso, como un náufrago abrazado a un pedazo de madera, sabiendo que ya no hay costa a la vista. Sabiendo que, quizás, ya no hay regreso.

A veces me sorprendo hablándole. En voz alta. Como si aún estuviera en la habitación contigua. Le cuento cosas que no importan, detalles del día que no viví del todo. Le pregunto si también me extraña, si me recuerda, si todavía queda algo en su corazón que no me haya soltado. Sé que es inútil. Sé que si alguien me viera, pensaría que he perdido la razón. Y tal vez es cierto. Tal vez en estos días grises, esta tristeza me ha convertido en alguien que ya no soy. O peor aún: en alguien que siempre fui y no había visto hasta ahora. Alguien dependiente, frágil, que no sabe respirar sin el otro. Que se ha hecho adicto al dolor porque, de algún modo retorcido, lo mantiene conectado a lo que fue.

Y sin embargo, en medio de todo esto, sigo esperando. No sé qué. No sé si es un mensaje, una señal, una mirada en la calle, una palabra suya en labios ajenos. Pero espero. Porque no sé hacer otra cosa. Porque no he aprendido aún a soltar. Porque soltar sería aceptar que se acabó. Y aunque todos los días me enfrento a esa posibilidad, aún no tengo el valor de abrazarla. Mientras tanto, repito mis rituales. Cocino sin hambre. Me visto sin espejo.

Camino sin destino. Y en todo, en cada rincón, en cada gesto, la busco. Como si todavía pudiera encontrarla entre los pliegues de este duelo interminable.

DÍA 15

29, Abril 2025

Un amigo me invitó a salir. Me escribió con ese tono de quien no sabe bien qué decir, pero siente la urgencia de rescatarte antes de que te hundas del todo. Me dijo que necesitaba aire, que me vendría bien distraerme, ver gente, salir de esta casa que ya parece una celda. Acepté. No porque creyera que me haría bien, sino por compromiso, por educación, por esa pequeña parte de mí que todavía recuerda cómo fingir normalidad. Me vestí con lo primero que encontré, me miré al espejo sin reconocerme, y salí. Caminé como quien se arrastra. Al llegar, entendí que había cometido un error. Fuimos a un bar que ella y yo solíamos frecuentar. Uno de esos sitios que se convierten en testigos silenciosos de una historia de amor. Y allí estaba: igual que siempre. Las luces tenues, la música suave, el aroma a madera vieja mezclado con cerveza y nostalgia. Todo estaba intacto, como si el lugar no supiera que nosotros ya no somos.

Me senté en la misma mesa. Esa esquina junto a la ventana donde ella apoyaba la cabeza en mi hombro y hablábamos de todo y de nada. Miré alrededor buscando distracción, pero todo me devolvía su imagen. El vaso con bordes gastados, el camarero que la saludaba con una sonrisa, la servilleta doblada como ella solía hacerlo mientras hablaba. Pedí su trago favorito sin pensarlo. Lo hice de forma automática, como si pedirlo fuera invocarla, como si al probarlo ella pudiera aparecer, sentarse enfrente, y decirme que todo esto fue una pesadilla larga y cruel. Pero el trago no supo igual. No tenía su risa después del primer sorbo. No tenía su "pruébalo, te va a gustar". No tenía su boca. Solo tenía el peso insoportable de su ausencia. Me llevé el vaso a los labios, pero las lágrimas llegaron antes. Tuve que dejarlo. Tuve que salir. No quería que nadie me viera así. No quería exponer esta herida abierta que no deja de sangrar.

Afuera, en la noche húmeda, me senté en la acera como si el mundo me hubiera expulsado. Y allí me derrumbé. Un hombre adulto, temblando, con las manos en la cara, llorando por amor. O al menos eso parece desde fuera. Pero no lloro solo por amor. Lloro por todo lo que se rompió con él. Lloro por la pérdida de una vida que era mía, de una rutina compartida que ahora me observa desde la distancia como un espejismo cruel. Lloro por la risa que se fue, por la mirada que me salvaba sin decir una palabra, por los domingos en pijama, por las películas que dejábamos a medias, por los abrazos sin razón. Todo eso se fue con ella. Todo eso vive en algún lugar al que ya no tengo acceso. Y yo estoy aquí, en una acera cualquiera, rodeado de desconocidos que ríen, que brindan, que bailan canciones que ya no me dicen nada.

Mi amigo salió a buscarme. Me preguntó si estaba bien. Le dije que sí, por costumbre, por no saber cómo decir la verdad. Me ofreció su hombro, su silencio. Y lo agradecí. Pero nada puede llenar este vacío. Porque no se trata de distracción, ni de salir más, ni de conocer gente nueva. Se trata de que todo en mí estaba construido alrededor de ella. Y ahora que no está, todo se tambalea. Mi casa, mis hábitos, mis certezas. Incluso mi forma de respirar parece haber cambiado. Me duele el pecho, literal y figuradamente. Como si el corazón no solo doliera, sino que se contrajera, que se escondiera para no seguir sintiendo.

Volví a casa más cansado que cuando salí. Me quité la ropa y me acosté sin cenar, sin lavarme la cara, sin apagar la luz. Todo me da igual. Me quedé mirando el techo, como tantos otros días, con los ojos secos de tanto llorar. Pensando que si amar es esto, este nivel de vulnerabilidad, de exposición, de dolor absoluto, entonces no sé si quiero volver a amar. Pero claro, eso es mentira. Porque si ella regresara, si tocara la puerta, si me dijera "hola" apenas con un hilo de voz, yo correría. Porque sigo siendo suyo, aunque ya no me reclame. Porque sigo esperándola, aunque el mundo me grite que no lo haga.

DÍA 16

30, Abril 2025

Soñé con ella. Después de tantas noches en vela, de tantos intentos fallidos por arrancarla de mi mente, por fin apareció en un sueño. Y no fue uno de esos sueños borrosos, extraños o simbólicos. No. Fue real. Tangible. Estábamos en nuestra cocina, la de verdad, la pequeña con azulejos agrietados y una ventana que siempre se empañaba por el vapor de la olla. Ella estaba ahí, descalza, con el cabello desordenado y una camiseta vieja mía que solía usar para dormir. Cocinábamos algo juntos, no recuerdo qué. Creo que no importaba. Lo esencial no era la comida, sino el acto de estar juntos. De compartir el espacio sin miedo, sin silencios incómodos, sin heridas. Reíamos por tonterías. Yo le manchaba la nariz con harina, y ella fingía estar ofendida solo para después vengarse con un dedo de salsa en mi mejilla. Esa ligereza. Esa vida tan simple y perfecta. Me miraba con esos ojos suyos que siempre parecían comprenderlo todo, incluso lo que yo no sabía de mí mismo. Con esa mezcla única de ternura y confianza, como si dentro de mí no existiera ni una sola sombra capaz de asustarla. Y yo le creía. En ese sueño le creí todo. Que nada se había roto. Que aún éramos los mismos.

Pero entonces desperté.

Y el golpe fue brutal. Como caer de un edificio sin paracaídas. Como abrir los ojos en medio de una tormenta después de haber creído que estabas a salvo. El techo blanco, inmóvil, indiferente, fue lo primero que vi. Y su ausencia me cayó encima como una losa, de esas que no se apartan con las manos ni con la voluntad. Me quedé tendido en la cama por horas, sin moverme, sin hablar, respirando apenas, como quien acaba de morir en vida y aún no se ha dado cuenta. El corazón me latía lento, descompasado, como si también hubiese decidido rendirse. No podía ni llorar. Solo estaba ahí, hundido en la impotencia de no poder regresar a ese lugar donde ella aún existía para mí.

A veces pienso que los sueños son más crueles que la vigilia. Porque te dan lo que más deseas, pero solo por un rato. Y cuando te lo arrebatan al despertar, el vacío que queda es peor que si nunca hubieras sentido nada. En el sueño, podía oler su cabello, sentir el calor de su piel, escuchar su risa como un eco dulce en la cocina. Pero al abrir los ojos, todo eso desapareció. No quedó ni el aroma, ni el eco, ni el tacto. Solo una memoria fresca, dolorosamente nítida, que se convirtió en puñal.

Intenté volver a dormir. Solo para verla de nuevo. Para que aunque fuera en el terreno ilusorio de la mente, pudiera quedarme un minuto más con ella. Pero el sueño no volvió. La vigilia me mantuvo preso, como si supiera lo que quería y decidiera negármelo por crueldad. Me quedé ahí, mirando la nada, esperando algo que no llegaba. Una palabra, una señal, cualquier cosa. Pero el mundo seguía igual de mudo.

Me levanté tarde. O, mejor dicho, simplemente me arrastré fuera de la cama. El cuerpo no quería moverse. Era como si llevara días cargando una mochila llena de piedras, de esas que uno no elige pero tampoco puede dejar atrás. Cada paso era un esfuerzo. Cada respiración, una batalla. Fui a la cocina, la misma del sueño. Y el contraste fue como un balde de agua helada. Todo estaba exactamente igual, y sin embargo, todo había cambiado. Ya no estaban sus tazas preferidas al lado del microondas. Ni el frasco con su té favorito. La silla donde solía sentarse seguía ahí, vacía, inmóvil, como testigo silente del abandono. Preparé café solo por rutina, no porque lo quisiera. Y mientras la cafetera goteaba, cerré los ojos de nuevo, deseando que al abrirlos ella apareciera detrás mío, abrazándome por la espalda como solía hacer. Pero no. Solo el vapor. Solo el silencio.

Me senté en la mesa y dejé que el café se enfriara. No tenía sentido beberlo. Nada tiene sentido desde que se fue. Desde que me fui. Aún no tengo del todo claro cuál de los dos abandonó primero. Solo sé que ella ya no está. Que su voz no recorre los rincones. Que su risa no rompe la monotonía. Y que yo soy solo la sombra de lo que alguna vez fui cuando la tenía cerca.

Pasé el resto del día en una especie de trance. No comí. No abrí las cortinas. No respondí mensajes. Sentía que cualquier cosa que hiciera sería una traición a lo que fuimos. Como si moverme, alimentarme o hablar con alguien implicara un paso hacia adelante, y yo no quiero avanzar. No sé cómo hacerlo sin ella. Me cuesta explicar esto a quienes me rodean, porque desde fuera parece fácil: se acabó, ya no están juntos, supéralo. Pero no es tan simple. No se trata solo de un amor perdido. Se trata de una identidad que se disolvió. Porque cuando estás con alguien tanto tiempo, de formas tan profundas, terminas siendo parte de esa persona. Y cuando se va, te deja incompleto. Como si te arrancaran un trozo de alma. Y no, eso no se sana con distracciones o tiempo. Eso queda. Arde. Pesa.

Pensé en escribirle. De nuevo. Me senté frente al teléfono y abrí nuestra conversación. La vi en línea. Mi corazón dio un vuelco, como si esa mínima coincidencia pudiera significar algo. Pero no dije nada. ¿Qué habría dicho, de todos modos? "Soñé contigo y fue hermoso y cruel a la vez. Te extraño tanto que ni dormir es seguro para mí". No. No habría servido de nada. Solo habría abierto otra herida. Y no quiero seguir haciéndonos daño. Aunque la extrañe más de lo que puedo soportar. Aunque cada parte de mí le grite que vuelva.

Hoy entendí algo que ya sabía pero no quería aceptar: que el amor no siempre salva. Que hay amores inmensos, puros, verdaderos... que no logran sostenerse. No por falta de sentimiento, sino por los golpes del tiempo, por las heridas acumuladas, por los silencios mal entendidos. Y eso me destruye. Porque aún la amo. La amo con la fuerza con la que se ama a una casa que ya no existe. Con la melancolía de quien recuerda un lugar seguro al que ya no puede volver. Y no hay nada que me duela más que eso. Que el amor no sea suficiente. Que mis errores, mis dudas, mi cobardía, hayan roto algo que aún tenía vida.

La noche cayó sin que me diera cuenta. Estaba oscuro y no encendí la luz. Me quedé en el sofá, abrazado a una almohada que aún huele un poco a ella. No sé cuánto tiempo pasó. Escuchaba el tic-tac del reloj como un recordatorio cruel de que los segundos siguen su curso, aunque yo esté atrapado en el mismo instante de pérdida. Me pregunté si ella también soñó conmigo. Si también despertó con el corazón hecho trizas. Si piensa en mí cuando el silencio se le hace insoportable. O si, por el contrario, su mundo ya gira sin mí, con nuevos paisajes, nuevas personas, nuevos sueños.

No lo sé. Y no creo que lo sepa nunca.

Lo único que sé es que esta noche volveré a cerrar los ojos con la esperanza de verla otra vez. Y con el miedo de no hacerlo. Porque a veces, lo único que uno tiene es eso: un sueño. Y cuando hasta eso te es arrebatado, te das cuenta de lo solo que estás.

DÍA 17

01, Mayo 2025

Hoy revisé fotos antiguas. No sé si fue un acto de masoquismo o una necesidad desesperada de recordarla con algo más que este dolor que me pesa en el pecho. Encendí el computador, abrí la carpeta con su nombre —sí, aún la tengo así, como si fuera una colección sagrada que no me atrevo a renombrar— y me sumergí en un viaje sin retorno. Allí estaba todo. Nuestro comienzo, nuestras risas, los primeros viajes juntos, la primera vez que cocinamos algo que no se nos quemó. Su rostro iluminado por la luz de algún atardecer perdido en una playa desconocida, su cabello revuelto por el viento, y yo, siempre cerca, abrazándola como si el mundo no pudiera tocarnos. ¿Qué pensaba entonces? ¿Qué pensábamos? No lo sé. Solo recuerdo que todo era fácil, tan fácil como respirar. No necesitábamos promesas, porque nos bastaba con el presente. Y ahora… ahora me cuesta hasta mirarlas sin que me tiemble el alma. Cada imagen es una historia, un eco, un fragmento congelado de algo que ya no existe. Pero hoy no pude evitarlo. Las abrí una por una, con la lentitud de quien desentierra recuerdos como quien pisa terreno sagrado. Me detuve mucho tiempo en una en particular: su cumpleaños, el del año pasado. Ella llevaba un vestido rojo, ese que le quedaba tan bien que parecía hecho solo para ella. Yo tenía una camisa azul que nunca me gustó, pero ese día no me importó nada. Sonreíamos. Dios, cómo sonreíamos. Yo tenía una sonrisa tonta, casi infantil, como si todo lo que necesitaba estuviera justo ahí, a mi lado. Y ella… ella me miraba como si yo fuera todo. Todo. Aún puedo sentir esa mirada clavada en el pecho como una daga y una caricia al mismo tiempo.

Me quedé largo rato mirando esa imagen. Pensando. Preguntándome qué vio en mí. Qué fue lo que la hizo quedarse. Qué la convenció de que podía confiar, de que yo no era otro más que venía a herirla. Porque eso es lo que duele, lo que más me carcome por dentro: que yo sabía lo mucho que le había costado abrirse. Que me lo dijo, que me mostró sus heridas, sus miedos, sus batallas. Y aún así creyó. Aún así apostó por mí. Y yo... yo la traicioné. No en el sentido vulgar y banal en que la mayoría piensa cuando escucha esa palabra, sino en el más profundo: la traicioné dejando que el miedo me dominara, que la inseguridad me hablara más fuerte que su amor. Me alejé creyendo que era lo mejor, que la estaba protegiendo de mi caos, de mis vacíos, de esa sombra que a veces se posa sobre mí cuando la vida me duele. Me alejé porque no quería herirla más adelante. Qué ironía. Terminé haciéndolo de la manera más cruel: con el abandono.

Mientras miraba las fotos, me di cuenta de algo que ya intuía pero que hoy se me mostró con una claridad insoportable: yo no luché. No peleé por nosotros. No puse el cuerpo cuando había que hacerlo. No me quedé cuando más falta hacía quedarse. Y eso me destruye. Porque ella sí lo hizo. Ella fue valiente. Ella me sostuvo cuando yo ni siquiera sabía sostenerme a mí mismo. Y yo, en lugar de agradecer, en lugar de aferrarme a su mano con fuerza, solté. La solté. Con palabras suaves, con excusas disfrazadas de buenas intenciones, con gestos que parecían cuidar pero en realidad eran cobardía pura. Pensé que el amor era suficiente, que con quererla mucho bastaba. Pero no. Amar es quedarse cuando todo arde. Es decir "aquí estoy" incluso cuando uno no sabe si puede con uno mismo. Yo no lo hice. Me fui. Y lo peor es que aún no sé por qué. ¿Qué fue lo que me asustó tanto? ¿La idea de ser feliz? ¿De depender de alguien? ¿De no tener una excusa más para esconderme? Tal vez fue eso. Tal vez su amor me mostraba todo lo que yo no me atrevía a enfrentar en mí mismo, y al verla tan entera, tan luminosa, sentí que no era suficiente. Qué estúpido. Qué trágicamente estúpido.

Después de horas revisando imágenes, cerré la carpeta como quien guarda un secreto demasiado grande para soportarlo a la vista. Y me quedé ahí, en el sofá, rodeado de silencio. Con las manos temblando, con el corazón latiendo como si intentara recordarme que aún está vivo, aunque se sienta vacío. Pensé en escribirle. Otra vez. En decirle todo esto. Que lo siento. Que me equivoqué. Que ojalá pudiera volver el tiempo atrás y elegir quedarme. Pero no lo hice. Porque no sé si mis palabras aún significan algo para ella. Porque quizás lo mejor que puedo hacer por ambos es quedarme aquí, en este arrepentimiento que me consume, pagando el precio de mi cobardía. Hay días en que me odio con una intensidad insoportable. Hoy es uno de ellos.

La noche llegó sin que me diera cuenta. El día se me escurrió entre los dedos, como todos desde que no está. Encendí una vela, no sé por qué. Tal vez porque necesitaba una luz, aunque fuera pequeña. Y me senté frente a ella como quien vela algo que murió. Y en parte eso hice. Velé nuestro amor. Velé esa vida que tuvimos y que perdí por miedo. Pensé en lo que diría si la tuviera enfrente. En si me abrazaría o me apartaría. En si me miraría con odio o con esa tristeza silenciosa que tanto duele. Y llegué a una conclusión que me desgarra: ella no me debe nada. Ni una explicación, ni una segunda oportunidad. Fue yo quien falló. Fue mi decisión la que torció el camino. Y, sin embargo, aquí estoy, deseando que algún día, en algún lugar, pueda perdonarme. No por mí, sino por lo que fuimos.

Hoy me di cuenta de que el amor no es una promesa, ni una emoción que se mantiene sola. Es una decisión diaria. Una construcción constante. Un acto de presencia. Y yo no estuve. O estuve a medias. Y ahora lo pago. Con cada fotografía. Con cada silencio. Con cada madrugada donde la cama es un campo de batalla. No sé si alguna vez podré perdonarme del todo. Solo sé que la extraño. Que la extraño tanto que a veces me cuesta respirar. Y que cada imagen suya es un espejo donde veo lo mejor de mí… y también lo que destruí por no saber cómo cuidarlo.

DÍA 18

02, Mayo 2025

He comenzado a escribirle cartas cada noche. No para enviarlas, no con la esperanza de que las lea algún día, ni con la ilusión de una respuesta. Simplemente para hablarle. Para no perder del todo ese puente que una vez nos unió, aunque ahora esté roto y cubierto de escombros. Escribirle es como respirar cuando me ahogo: una necesidad más que una decisión. Me siento frente al escritorio —el mismo donde ella solía leerme en voz baja mientras yo garabateaba frases sin sentido— y me obligo a abrir el cuaderno que alguna vez fue suyo, aquel de tapa dura, color azul marino, con esquinas gastadas y una flor seca que aún guarda entre sus páginas. Ahí empiezo, con la misma fórmula de siempre: "Hola, amor". Es irónico llamarla así cuando ni siquiera sé si aún lo soy para ella, si todavía habita en su corazón el eco de lo que fuimos, o si solo soy un nombre que duele. Pero no importa. En esas cartas, en esa ficción nocturna que invento para sobrevivir, ella todavía me escucha.

Le cuento cómo fue mi día. Que desperté tarde, que no tenía hambre, que el café ya no sabe igual. Que vi una pareja abrazarse en la calle y me quedé mirando con una mezcla de envidia y ternura, imaginando que éramos nosotros. Le cuento que hoy la recordé cuando vi una flor marchita en el parque, de esas que ella solía recoger para secar entre libros. Le digo que escuché una canción que me llevó directo a una noche en la que bailamos sin música, solo con nuestras respiraciones acompasadas como ritmo, en la cocina, bajo la tenue luz del refrigerador abierto. Le hablo de mi culpa, de ese monstruo silencioso que me muerde por dentro cada vez que respiro sin ella. Le hablo como quien lanza palabras a un pozo profundo, sabiendo que no hay eco, pero aún así lo necesita. Y cuando termino, cuando siento que ya no tengo más que decir o más lágrimas que secar, cierro la página con cuidado y guardo la carta en la caja.

Esa caja. Esa maldita caja. Suya. Todavía huele un poco a ella, o tal vez es solo mi mente jugándome sucio. Antes era su tesoro personal, el lugar donde guardaba nuestras entradas de cine, los boletos de aquel viaje en tren, los envoltorios de chocolates que compartimos en algún banco bajo la lluvia. Notas que nos dejábamos en el refrigerador, servilletas con dibujos tontos, una piedra que recogimos en la montaña porque, según ella, tenía la forma de un corazón, aunque a mí siempre me pareció una papa arrugada. Hoy esa caja es mi urna. Mi altar. Mi castigo. Allí guardo las cartas que no envío, los ruegos que no pronuncio, los perdones que no sé si tienen sentido. A veces la abro solo para tocar los papeles, como si con eso pudiera sentir su piel otra vez. Es un ritual absurdo, lo sé. Pero en un mundo donde ya nada tiene lógica, estos gestos me mantienen cuerdo. O al menos lo suficientemente cerca de la cordura como para no desaparecer del todo.

No sé cuándo empecé a necesitar tanto escribirle. Quizá fue después del sueño de hace unos días, o después de ver aquella foto, o tal vez porque hablar conmigo mismo ya no alcanza. Las palabras escritas son distintas. Pesan. Duelen de otro modo. Son cicatrices ordenadas en papel. A veces mis cartas son dulces. Le cuento que vi algo que le habría hecho reír, que probé una nueva receta y salió horrible —como siempre que intentaba sorprenderla en la cocina—. Le hablo como antes, con esa confianza ingenua que teníamos cuando aún no sabíamos lo frágil que puede ser todo. Pero otras veces no hay dulzura, solo rabia. Rabia hacia mí mismo, por supuesto. Esas noches escribo con los dientes apretados y los ojos húmedos. Le digo que me odio por lo que hice, que no entiendo por qué fui tan cobarde, que si pudiera volver el tiempo atrás me quedaría, me quedaría sin importar cuán roto estuviera, sin importar el miedo. Le digo que la arruiné, que la dejé sola justo cuando ella más necesitaba compañía. Y luego me disculpo. Como si con cada carta pudiera limpiar una gota del dolor que causé. Como si el perdón pudiera llegar, algún día, a través de estas líneas que solo yo leo.

Hay algo profundamente humano en pedir perdón sabiendo que no basta. Que no hay palabras que puedan borrar lo que pasó, pero aún así uno las dice. No por redención, ni por consuelo. Solo porque callarlas sería peor. Cada carta que escribo es una confesión y un lamento. A veces me tiembla la mano al escribir, como si mi cuerpo también quisiera detenerme, como si todo en mí supiera que esto ya no tiene sentido. Pero no puedo evitarlo. Es mi única manera de sentirme cerca. Porque lo que más me duele no es la ausencia física, es el silencio. Ese hueco donde antes había risas, complicidad, discusiones tontas que terminaban en abrazos. Escribiéndole lleno un poco ese hueco, aunque sea con una ficción triste.

Hoy, mientras escribía, pensé en la última vez que la vi. No físicamente, sino de verdad. La última vez que me miró a los ojos y yo supe que aún me amaba. Fue una tarde gris. Ella preparaba té, y me habló de una película que quería ver. Recuerdo que me reí porque la película sonaba horrible, y ella hizo esa mueca fingida de indignación que me encantaba. Y entonces me miró. Larga, profundamente. No sé por qué lo recuerdo ahora con tanta claridad. Tal vez porque fue la última vez que sentí que aún podía quedarme. Que si daba un paso hacia ella, todo podía seguir. Pero di un paso hacia atrás. Como siempre. Desde entonces, esa mirada me persigue. Me visita en sueños, me atraviesa en las canciones, me duele en las cartas.

Hoy también pensé en qué haría si leyera estas cartas. Si por algún azar, algún desliz del universo, cayeran en sus manos. ¿Se enojaría? ¿Lloraría? ¿Me perdonaría un poco? ¿Las guardaría o las rompería? No lo sé. Tal vez nunca lo sepa. Pero algo en mí quiere creer que, si alguna vez las leyera, entendería. No para justificarme, ni para borrar lo que ocurrió. Sino para saber que, aunque tarde, supe todo lo que ella significaba. Que me di cuenta. Que cada línea que escribo es una forma de decirle: "te vi, te valoré, aunque no lo supiera demostrar". Y tal vez, con eso, podría al menos quedar el eco de que el amor fue real. De que, más allá de mis errores, fue profundo, honesto, inmenso.

Me he dado cuenta de que escribirle se ha vuelto también un espejo. Porque al hablarle, también me hablo a mí mismo. Al contarle mi día, me obligo a vivirlo. Al confesarle mis culpas, intento entenderlas. Al repetirle cuánto la extraño, reconozco lo que perdí. Y en ese proceso, por más doloroso que sea, hay algo de verdad. Algo que me mantiene de pie. Como si estas cartas fueran las ruinas de una catedral que se derrumbó, pero donde aún se encienden velas por las noches.

Mañana escribiré otra. Y pasado también. No sé hasta cuándo. Quizá un día deje de doler tanto. Quizá un día pueda cerrar la caja. Quizá un día pueda leer todo lo que le escribí y agradecer haberla amado, sin que el amor me destroce por dentro. Pero no hoy. Hoy solo me queda escribirle, con esta mezcla de amor, dolor, y arrepentimiento. Hoy, como cada noche, vuelvo a ella con palabras, porque es lo único que me queda.

DÍA 19

03, Mayo 2025

Hoy fue un mal día. De esos que no traen nada nuevo, salvo una repetición aún más pesada del dolor, como si el duelo tuviera la capacidad de reinventarse cada mañana solo para volver a aplastarte. Un mal día. Sin giros, sin revelaciones. Solo vacío, opresión en el pecho y esa maldita sensación de estar atrapado en una vida que ya no me pertenece. Me desperté con los ojos secos, como si ni siquiera el cuerpo tuviera ganas de llorar. La habitación estaba helada, y el silencio era tan espeso que llegué a imaginar que, si decía algo en voz alta, el eco me devolvería no mi voz, sino la suya. No quise levantarme. Me quedé acostado por horas, mirando el techo, siguiendo con la vista una grieta que se extiende desde la lámpara hasta la esquina. Antes no estaba. Apareció hace poco, quizás cuando ella se fue. Me obsesioné con esa grieta hoy. Pensé que es como yo: una línea rota, una señal de desgaste, una herida que nadie se molesta en arreglar. Me sentí igual de inútil y olvidado.

No pude comer. El estómago se me cerró desde temprano. Cada vez que pensaba en prepararme algo, lo relacionaba con ella. ¿Qué habría cocinado ella hoy? ¿Ese arroz con curry que le salía tan bien? ¿O tal vez esas tostadas dulces que hacíamos los domingos cuando no queríamos salir de la cama? Todo tenía su nombre, incluso el pan duro sobre la encimera. Abrí la heladera, vi su mermelada favorita, aún sin terminar, y la cerré de golpe. No soporté el detalle. ¿Por qué siguen existiendo las cosas que amaba si ella ya no está conmigo? ¿Por qué el mundo insiste en recordármela con migajas? Entonces me fui al sofá. No por descanso, sino por abandono. Me tiré como quien se entrega a una corriente, sin fuerza para resistirse. Miré el techo, otra vez. Los ojos abiertos, secos, y la mente llena de cosas que no quería pensar, pero que igual aparecían. Como un desfile de fantasmas personales.

A cada hora, sin querer, marcaba el tiempo con su ausencia. "Ahora estaría saliendo del trabajo", pensé a las cinco. A las seis: "ahora estaría en camino, seguro cantando alguna canción ridícula en el auto". A las siete: "ahora entraríamos por la puerta, se quitaría los zapatos, me miraría y sonreiría como si todo estuviera bien solo porque yo estaba ahí". Me dolía. Me dolía de verdad. No un dolor simbólico, no un suspiro nostálgico. Dolía en el pecho, en el cuerpo, en los músculos tensos. Cada pensamiento era una punzada, como si el reloj se hubiera vuelto una máquina de tortura que marcaba la ausencia en lugar de la hora. Quise detener mi mente. Lo intenté. Respiré hondo. Conté hasta diez. Me dije que debía pensar en otra cosa. Pero no funcionó. El corazón seguía ahí, terco, latiendo por ella. Recordando por ella. Aferrado a una imagen que ya no existe, a una voz que ya no suena, a un nosotros que se volvió humo.

Hubo un momento en que quise llorar, pero ni siquiera pude. Me dolía tanto que no salía nada. Solo ese vacío hueco, ese silencio interior que es peor que el llanto. Entonces empecé a hablarle en voz baja. Como un loco, quizás. Le dije que la extrañaba. Que no podía más. Que cada día sin ella es una copia del infierno. Le dije que daría lo que fuera por un abrazo, por un gesto mínimo. Que no quiero seguir sintiéndome así, pero no sé cómo no hacerlo. Que la amo. Que aún la amo. Que no sé si eso cambia algo. Que probablemente no. Que lo sé. Que igual la amo. Lo repetí muchas veces. Como un rezo. Como un conjuro inútil. Y después me quedé en silencio otra vez. Cansado. Vacío. Seco.

Me gustaría poder apagar este corazón. Quitarle las pilas, desconectarlo de una vez. Porque no entiende razones. Porque no escucha cuando le digo que ya fue, que hay que dejarla ir, que no sirve seguir sufriendo por alguien que ya no está. Pero el corazón no escucha. Se aferra. Es como un niño perdido en una estación, esperando que su madre vuelva a buscarlo. Así me siento: extraviado, sentado en un banco, mirando pasar las horas y esperando que aparezca esa figura entre la multitud. Y no aparece. No va a aparecer. Y sin embargo, sigo esperando. Incluso ahora, mientras escribo esto, sigo esperando.

Hoy no escribí carta. No tuve fuerza. No sentí que pudiera decirle nada nuevo. Solo habría repetido lo de siempre: que duele, que la extraño, que me odio. ¿Qué sentido tiene seguir escribiéndolo? Pero, al mismo tiempo, ¿qué sentido tiene no hacerlo? Nada tiene sentido. Estoy suspendido en esta especie de limbo donde no hay presente ni futuro, solo una repetición constante del mismo dolor. Como si cada día fuera el mismo, solo con leves variaciones en los detalles. Cambia el ángulo de la luz, el tono del cielo, el número de veces que me levanto a mirar por la ventana. Pero el fondo es idéntico: la ausencia, el vacío, la soledad. Todo igual, todo sordo.

Hubo una parte de la tarde en la que me dejé ir del todo. Cerré los ojos y me imaginé muerto. No por impulso suicida, sino por deseo de paz. Me imaginé no sintiendo nada. Sin recuerdos, sin culpa, sin amor. Solo descanso. Y pensé que debía ser hermoso dejar de doler. Por un segundo, me sentí en paz. Luego me asusté. Me asusté de estar tan cómodo con esa idea. Me obligué a abrir los ojos, a levantarme, a caminar por la casa aunque fuera sin rumbo. Me miré al espejo del baño y no me reconocí. Tenía los ojos apagados, la barba crecida, la piel pálida. Me vi y pensé: "este no soy yo, este es lo que queda de mí". Y me dolió. Me dolió entender que ya no soy el que era. Que ella se llevó, sin quererlo, una parte mía que no sé cómo recuperar.

Ya no sé estar sin el dolor. Y eso es lo más terrible. Al principio, luchaba contra él. Intentaba distraerme, buscar algo que me hiciera reír, hablar con alguien. Ahora me entrego. Me hundo como quien se mete en una cama tibia. Porque el dolor es lo único constante, lo único fiel. Está cada mañana, cada noche. Me acompaña como una sombra. Y aunque me destroce, me da una sensación falsa de compañía. Como si, mientras duela, ella aún estuviera presente. Como si el sufrimiento fuera un cordón umbilical entre su mundo y el mío. No quiero que sea así, pero lo es. No sé ser feliz sin ella. No sé ser neutro, ni siquiera tranquilo. Solo sé doler. Y eso me aterra. Porque si un día deja de doler, ¿significa que la olvidé? ¿Que ya no la amo? ¿Que la perdí por completo?

No quiero que duela para siempre. Pero tampoco quiero olvidarla. Y no sé cómo vivir entre esas dos orillas. Estoy en medio, flotando, sin dirección. Hoy fue un mal día. No hay más. No hubo revelaciones, ni visitas inesperadas, ni sueños con su voz. Solo silencio. Solo peso. Solo tiempo que no pasa. No sé si mañana será distinto. Solo sé que si ella estuviera aquí, todo sería más simple. Pero no está. Y eso lo cambia todo.

DÍA 21

04, Mayo 2025

Hoy llovió todo el día. Desde temprano, cuando abrí los ojos, el sonido de las gotas golpeando el techo ya formaba parte de la casa. No era una lluvia suave, pasajera, sino una de esas persistentes, constantes, como si el cielo tuviera algo que decir y no supiera cómo callar. Y yo me quedé ahí, inmóvil, sentado frente a la ventana, mirando sin mirar, sintiendo cómo cada gota caía también adentro mío. No hice nada más. No leí. No comí. No respondí mensajes. Solo dejé que el día pasara como una procesión gris, como una marcha fúnebre en la que nadie toca música pero todos lloran en silencio. Con cada minuto, la lluvia parecía intensificarse, como si supiera que yo necesitaba una excusa para no salir, para no hablar, para quedarme hundido en mi propia tristeza sin culpa. Porque si algo me queda claro es que, a veces, el mundo allá afuera exige demasiado de un corazón que ya no sabe cómo seguir latiendo.

Mientras la observaba caer, recordé nuestras tardes de lluvia. Porque todo en mí la recuerda, incluso el clima. Y hay algo cruel en eso: en cómo incluso el cielo parece tener memoria. En otros tiempos, ese mismo rincón de la casa —esa misma ventana empañada— era testigo de momentos que parecían eternos. Ella y yo, abrazados en el sofá, compartiendo una manta grande, con las piernas enredadas y el cuerpo tibio. No hablábamos mucho. No hacía falta. A veces poníamos música suave, a veces simplemente dejábamos que el sonido de la lluvia nos envolviera. Recuerdo cómo jugaba con mi mano, cómo trazaba círculos con el dedo en mi palma mientras me contaba cosas sin importancia, como qué soñó esa noche o qué serie le gustaría empezar. Y yo la escuchaba con una atención que ahora parece irrecuperable, porque no era solo lo que decía, era cómo lo decía, con esa voz que siempre parecía acariciar. Era todo tan simple. Tan íntimo. Tan perfecto sin buscarlo. Me doy cuenta de que no eran momentos extraordinarios. No había luces ni promesas. Solo dos personas que se tenían, que se querían, y eso bastaba.

Ahora todo eso parece un espejismo. La lluvia de hoy no trajo consuelo, ni ternura, ni compañía. Fue una lluvia hueca, que no moja por fuera, sino por dentro. Porque la tristeza, cuando no tiene a nadie con quien compartirse, se vuelve más densa, más espesa. Antes, incluso los días tristes eran más fáciles con ella. Bastaba con su presencia para que el mundo doliera menos. Había algo en su forma de estar que sanaba. Era una especie de calma viva, como si el caos supiera que no tenía lugar cuando ella estaba cerca. Ahora la tristeza es otra cosa. No es un estado pasajero. Es una sustancia. Un sedimento. Algo que se ha adherido a mi piel, que me acompaña a donde vaya. Es como un zumbido constante, un ruido blanco en el fondo de mi pecho que no cesa, que no permite olvidar. Es como vivir con una radio rota que solo transmite interferencias, memorias distorsionadas, ecos de lo que fue. La nostalgia se ha convertido en mi idioma. Y estoy empezando a sospechar que no hay traducción posible hacia algo parecido a la paz.

Durante horas, me pregunté si alguna vez volveré a sentir algo distinto. Si este dolor, esta melancolía persistente, alguna vez cederá su lugar a otra emoción. Me lo pregunté de verdad. Sin dramatismo, sin romanticismo, con una honestidad cruda. ¿Podré volver a reír con ganas? ¿Volver a besar a alguien sin compararla? ¿Volver a planear un futuro sin pensar en lo que pudo haber sido con ella? La respuesta nunca es clara. A veces quiero creer que sí, que el tiempo tiene esa forma sutil de cerrar heridas. Pero luego... luego recuerdo cosas. Cosas simples, cotidianas, pero que en su conjunto conformaban mi mundo. Recuerdo su risa, esa mezcla entre carcajada libre y sorpresa tímida. Recuerdo cómo me despertaba los domingos con café y besos. Cómo ponía música mientras se maquillaba, y cantaba sin saberse la letra. Recuerdo su voz al decir mi nombre en voz baja, como si fuera un secreto que solo ella podía pronunciar. Recuerdo su forma de tocarme: no solo con las manos, sino con los ojos, con las palabras, con la forma de estar presente incluso cuando no hablaba. Y entonces lo entiendo: no se trata solo de perder a alguien. Se trata de haber perdido una forma de vivir.

Ella no era una persona más en mi vida. Era el punto de equilibrio. Todo lo que hacía tenía su centro en ella. Mi humor, mis decisiones, mi manera de ver el mundo. Me transformó. Me hizo mejor. Y ahora, sin ella, siento que me estoy deshaciendo. No porque no pueda vivir sin ella, sino porque no sé cómo hacerlo. Y sí, podría aprender. Podría forzarme a salir, a conocer a otras personas, a reinventarme. Pero hoy, mientras la lluvia no daba tregua, me di cuenta de que no quiero. No todavía. Porque aún habita en mí. Aún está en cada objeto de esta casa, en cada rincón de mi mente. No ha pasado suficiente tiempo como para que duela menos. Y, para ser honesto, no estoy seguro de querer que duela menos. Hay algo sagrado en este dolor. Es lo único que me queda de ella.

He leído en algún lado que el duelo es amor que no tiene dónde ir. Y creo que es cierto. Todo lo que siento es eso: amor desorientado. Amor sin destinatario. Amor que rebota contra las paredes, que me llena por dentro hasta doler. Por eso escribo. Por eso hablo solo. Por eso me aferro a los recuerdos como a una cuerda en medio del naufragio. Porque no sé qué hacer con todo esto que me habita. Y porque, en el fondo, aún guardo la esperanza —tan mínima como absurda— de que ella también lo sienta. De que, en algún momento del día, tal vez cuando escucha llover o cuando se sirve una taza de té, piense en mí. No como una herida, sino como una historia que aún late. Una historia incompleta.

La lluvia no cesó hasta entrada la noche. Me acompañó como un compañero silencioso, como un reflejo externo de lo que siento dentro. Y aunque fue doloroso, me alegré de que lloviera. Porque así, al menos por un día, el mundo pareció alinearse con lo que me pasa. No hubo sol falso, ni gente sonriendo en la calle, ni cielos despejados que contradijeran mi tristeza. Hoy, al menos hoy, todo fue coherente. Dolor afuera, dolor adentro. Y eso, de algún modo, me hizo sentir menos solo.

Ahora es tarde. La lluvia se ha vuelto más tenue. Gotea como si también estuviera cansada. La casa está en penumbra. El vapor empaña los cristales. Y yo sigo en la misma silla, frente a la ventana, con el pecho lleno de cosas que no sé decir en voz alta. Me repito que esto pasará. Que un día, tal vez, me levante y el aire no sea tan pesado. Que mire la lluvia sin sentir que me ahoga. Pero no hoy. Hoy no. Hoy sigo roto. Y si algo tengo claro, es que mientras ella no esté, mientras su risa no vuelva a llenar los silencios, todo seguirá siendo gris. No importa cuántos días pasen. No importa cuánto llueva. Porque lo que falta no es sol. Lo que falta es ella.

DÍA 22

05, Mayo 2025

He evitado su calle todo este tiempo. No por falta de ganas, sino por temor. Porque sabía que pasar por allí sería como atravesar un campo minado de recuerdos, de escenas que aún me habitan, de fantasmas que no aceptan estar muertos. Pero hoy fue distinto. No lo planeé. No me levanté pensando en ir. Mis pasos simplemente me traicionaron, como si mi cuerpo supiera algo que mi mente sigue negando. Y terminé allí, de pie frente a su edificio, como un ladrón de momentos que ya no me pertenecen. Lo reconocí todo al instante: la entrada, los buzones, la mancha de humedad en el portal, la cortina de la ventana del segundo piso, esa que siempre dejaba corrida solo a la mitad. Era como si el tiempo no hubiera pasado. Como si aún existiera la posibilidad de subir, de tocar el timbre y escuchar su voz al otro lado preguntando "¿quién es?", con esa mezcla de sorpresa y ternura que siempre ponía en mi nombre.

Pero no subí. No toqué. No hice nada. Me quedé abajo, inmóvil, con las manos en los bolsillos y el corazón desbordado. Miré las ventanas como quien busca respuestas en las estrellas, como si de verdad pudiera adivinar si estaba ahí, si me estaba mirando, si en algún rincón de su día yo también había aparecido. No vi movimiento. No vi luces. Solo silencio. Solo cortinas cerradas y la sensación de estar demasiado cerca de algo que ya no me corresponde. Me sentí expuesto, como si cualquier vecino pudiera señalarme y decir: "Ese es el que la dejó". Y no sé por qué, pero esa frase me dolió más que muchas otras. Porque sí, fui yo. Fui yo quien tomó distancia, quien no supo quedarse, quien se acobardó cuando más se requería coraje. Y sin embargo, allí estaba ahora, frente a su mundo, queriendo volver a ser parte de él sin merecerlo.

La calle estaba vacía. Era tarde, y el cielo comenzaba a apagarse. Había una brisa leve que movía las hojas secas en la vereda. Todo era quieto, casi sagrado. Como si el universo supiera que ese momento era delicado, que cualquier ruido podría romperme. Me quedé mucho más tiempo del que debería. No puedo explicar por qué. Tal vez esperaba verla bajar, salir de repente con ese paso apresurado que tenía cuando llegaba tarde. Tal vez deseaba escuchar su voz llamándome desde el balcón, como antes. Pero no pasó nada. Solo el tiempo, que es cruel cuando uno lo mide con esperanzas vacías. Me invadió una mezcla extraña de vergüenza y deseo. Porque había algo profundamente ridículo en estar ahí, parado como un idiota enamorado, como un adolescente que no sabe soltar. Pero también había algo genuino, algo que no podía reprimir: las ganas de verla, de comprobar que aún existe, que sigue siendo ella, que no se desdibujó en mi recuerdo.

Pensé en tantas cosas mientras estuve allí. Pensé en las veces que la esperé en esa misma calle, cuando salía tarde del trabajo y yo iba a buscarla con un café caliente. Pensé en los besos que nos dimos antes de que ella subiera, en las peleas que terminaban con un "nos vemos mañana", en los abrazos largos que daban ganas de quedarse a vivir en ellos. Cada detalle volvió con fuerza. El número de su piso. La textura de la baranda. Incluso el sonido que hacía la puerta al cerrarse. Todo estaba intacto en mi memoria. Y eso me dolió, porque mientras todo afuera permanece, yo por dentro soy otro: más roto, más solo, más consciente de lo que perdí. Me pregunté si ella también piensa en mí cuando pasa por esa entrada. Si le duele igual. Si a veces, sin querer, también se detiene a mirar el lugar donde nuestra historia tuvo tantos capítulos.

Y lo más duro fue que no supe qué habría hecho si la hubiera visto. Si de pronto aparecía en la puerta, con esa cara de sorpresa que ponía cuando no entendía algo, ¿qué habría dicho yo? ¿Habría tenido el valor de mirarla a los ojos y pedirle perdón? ¿Habría llorado? ¿Me habría lanzado a sus brazos como si nada más importara? No lo sé. Me temo que sí. Porque por dentro aún hay una parte de mí que no ha aceptado del todo su ausencia. Una parte que cree que todo esto es un mal sueño, un error reversible. Y esa ilusión, por más cruel que sea, a veces es lo único que me empuja a seguir respirando.

No sé cuánto tiempo estuve allí. El reloj dejó de importar. Solo recuerdo el momento en que decidí irme. Fue lento, casi ceremonial. Como quien se despide de un altar al que no se atreve a rezar. Caminé despacio, con el corazón hecho nudo. Cada paso era un recordatorio de que el amor también puede ser una distancia. Me di la vuelta sin mirar atrás, temiendo que, si lo hacía, ya no tendría fuerzas para irme. Volví a casa en silencio, con los bolsillos llenos de arrepentimiento y los ojos empañados. Pensé en escribirle. En decirle que estuve ahí, que pensé en tocar el timbre. Pero no lo hice. No quiero herirla más. No quiero interrumpir su proceso, su intento —quizás más exitoso que el mío— de seguir adelante.

Y sin embargo, estoy aquí, anotando cada detalle de ese encuentro que no fue. Porque necesito dejar constancia. Necesito que al menos esta página sepa lo que yo callé. Que fui, que esperé, que deseé. Que en algún rincón de este amor aún late la esperanza, aunque me destroce. Porque por más que quiera fingir fortaleza, por más que repita que acepto la realidad, hay noches como esta en las que la ilusión me gana. En las que me convenzo, aunque sea por un instante, de que aún hay algo que rescatar. Algo que reconstruir.

Tal vez mañana lo vea distinto. Tal vez me recrimine haber cedido a la nostalgia. Pero hoy no. Hoy solo puedo decir que fui a su calle, que la esperé sin decirlo, que no toqué su puerta por miedo y por respeto. Que me fui con las manos vacías, pero con el corazón lleno de un amor que no se rinde del todo. Porque ese es el verdadero tormento: amar sabiendo que no basta, que no alcanza, que ya no es bienvenido. Y aún así seguir amando, como quien cuida una llama aunque sepa que el viento la apagará.

DÍA 23

06, Mayo 2025

Intenté hablar de ella con alguien hoy. No fue planeado. Surgió en medio de una conversación trivial, como una grieta que se abre sin aviso. Estábamos tomando café y alguien preguntó, casi sin malicia, cómo estaba "eso de mi corazón". No supe qué decir. Me quedé mudo, como si las palabras se hubieran escondido justo cuando más las necesitaba. ¿Cómo explicar que todavía la amo con la misma fuerza con la que la dejé ir? ¿Cómo contar que cada noche es una repetición de mi error, que cada recuerdo me aprieta el pecho como si intentara estrujarme el alma? Balbuceé algo sin sentido, una de esas frases de manual que se dicen para que el otro no insista. Pero por dentro estaba gritando. El nombre de ella me quemaba la lengua, como si ya no tuviera derecho a pronunciarlo. Y sin embargo, todo mi ser quería hacerlo. Quería decir: "Sí, la amo. La extraño con cada parte de mi cuerpo. No he dejado de pensar en ella ni un solo día". Pero no lo dije. No porque no lo sintiera, sino porque sabía que nadie lo entendería.

Eso es lo más difícil de todo esto: la incomprensión. Me repiten que el tiempo sana, que todo pasa, que pronto conoceré a otra persona. Me lo dicen con esa mezcla de buena intención y liviandad que tiene la gente que nunca ha amado de verdad. No entienden. No saben nada. No es tan simple. No se trata de llenar el hueco con otra historia, con otro cuerpo, con otra rutina. Ella no era "una persona" más. No era una página en un libro que se puede cerrar. Era mi persona. Mi única casa. Mi hogar, mi espejo, mi raíz. No hay reemplazo para eso. No hay otro alguien que pueda ocupar el lugar donde todavía vive su risa, su olor, su forma de mirarme cuando decía "te quiero" con los ojos y no con la boca. Por eso no hablo de ella. Porque cada vez que intento nombrarla, siento que traiciono el pacto invisible que hicimos en otro tiempo. Porque decir su nombre en voz alta me haría más consciente de su ausencia, y eso me partiría en dos.

Me he convertido en un coleccionista de momentos con ella. No tengo otra forma de vivirla. Guardo cada gesto, cada palabra, cada mínimo detalle como si fueran reliquias sagradas. Me acuerdo de la vez que discutimos por una tontería y ella, en medio del enfado, me preparó té igual, en silencio. O de cuando salimos sin rumbo y terminamos en un parque, riendo bajo la lluvia como niños. Esos recuerdos son mi refugio y mi prisión. Vivo en ellos porque el presente me resulta inhabitable. Y lo peor es que no quiero curarme. No quiero sanar. Porque sé que el día que deje de doler, también habré dejado de sentirla. Y eso me aterra más que el dolor mismo. Prefiero sufrirla a olvidarla. Prefiero cargar esta tristeza a aceptar que todo terminó de verdad. Porque en el fondo, sigo creyendo —aunque sea irracional— que mientras duela, hay algo vivo. Que el amor, de alguna manera torcida, todavía existe si se llora.

Hoy, al volver a casa después de esa charla fallida, me sentí más solo que de costumbre. Me vi reflejado en una vidriera y no me reconocí. Tenía el rostro cansado, los ojos opacos, el cuerpo encorvado como si la pena tuviera peso físico. Pensé: "¿Quién soy sin ella?". Y no tuve respuesta. Porque ella era parte de mi identidad. No solo me acompañaba: me construía. Me enseñaba a verme con más ternura. A perdonarme. A creer que yo también merecía ser querido. Ahora que no está, todo eso tambalea. Me cuestiono si fui realmente bueno para ella. Si la cuidé como decía hacerlo. Si me rendí demasiado rápido. Si me venció el miedo cuando debí pelear. Cada noche reviso mis decisiones como si fueran una película que puedo editar. Quito escenas, agrego otras. Imagino finales alternativos donde no la lastimo, donde no me alejo. Pero siempre termino en el mismo lugar: solo, arrepentido, triste.

Y lo que más me rompe es que no tengo a quién decirle esto. Porque la gente no quiere escuchar sobre amores que persisten después del final. Les incomoda. Les parece excesivo. Les parece que uno debería ya estar "pasando página", como si el corazón tuviera ese botón mágico. Me dicen que tengo que "volver a vivir". Pero ¿cómo se vive cuando todo lo que tenía sentido estaba atado a una sola persona? ¿Cómo se empieza de nuevo cuando aún se duerme del lado que ella prefería, cuando aún se compra su marca de cereal, cuando aún se escriben cartas que nunca serán leídas? Yo no quiero empezar de nuevo. Quiero encontrar la forma de seguir amándola sin lastimarme tanto. Quiero que el dolor sea un puente, no una lápida. Pero no sé cómo. Y ese no saber me consume.

Me he vuelto una especie de enfermo de nostalgia. Un adicto a los recuerdos. Paso horas repasando sus mensajes, releyendo las cartas que me dejó, mirando fotos con una mezcla de ternura y desesperación. A veces me río solo, acordándome de alguna tontería. Otras, me quedo llorando en silencio, deseando tener una máquina del tiempo. No para cambiar nada —porque sé que cambiar el pasado es un deseo inútil—, sino solo para verla otra vez. Para tocarle la cara. Para quedarme callado mientras ella habla, solo para grabar su voz en mi alma. ¿Es patético? Tal vez. ¿Es enfermizo? Probablemente. Pero es lo único que tengo. Lo único que me conecta con lo que fui, con lo que fuimos.

Sé que hay gente que ama y sigue. Que cierra puertas y abre otras. Que convierte la pérdida en aprendizaje. Pero yo no soy así. Yo amo de manera obsesiva, total, sin plan B. No me quedé con medias versiones de ella: la amé entera, con sus sombras, con sus días de enojo, con sus miedos y su risa, con sus sueños y su historia. Y ahora la duelo igual: completamente. Sin medir. Sin pausa. Hay algo hermoso y cruel en amar así. Uno lo entrega todo, y cuando se pierde, no queda nada. Solo este vacío inmenso que intento llenar con palabras, con rutinas que la evocan, con sueños donde aún la tengo. Y sí, me hace daño. Pero también me hace sentir humano. Porque mientras me duela, sabré que lo que vivimos fue real. Que no fue un invento, una fantasía. Que existió. Que me transformó.

No sé cuánto tiempo más voy a sentir esto. A veces me pregunto si es eterno. Si algún día despertaré y su recuerdo ya no me ahogará. Pero parte de mí no quiere llegar a ese día. Porque cuando algo muere del todo, también muere quien lo sostuvo. Y yo aún quiero sostenerla, aunque sea desde la distancia, desde este amor que ya no se pronuncia pero que sigue latiendo con una fuerza imposible de disimular. Por eso no hablé de ella hoy. Porque el silencio es, a veces, la forma más fiel de amar lo que ya no puede ser dicho.

DÍA 24

07, Mayo 2025

Hoy encontré una nota suya dentro de un libro. Estaba en medio de las páginas de Rayuela, ese que le regalé cuando cumplimos un año. No la estaba buscando. Solo estaba limpiando, haciendo ese intento inútil de ordenar el caos que soy desde que ella se fue. El libro cayó al suelo al mover una pila, y al abrirse por el golpe, la nota quedó expuesta como un secreto que ya no quería esperar más. Era pequeña, escrita con su letra redonda y firme, en papel crema. Decía: "Nunca dudes de cuánto te amo. Pase lo que pase, tú y yo somos reales." Me quedé congelado. Por un segundo, me pareció oír su voz diciéndolo. Cerré los ojos, y por un instante, el mundo retrocedió. Estábamos en nuestra cama, ella a mi lado, con los pies fríos y el cabello suelto. Me miraba como lo hacía cuando no quería que me olvidara de lo importante. Volví al presente con un golpe seco, como cuando uno se despierta de un sueño demasiado hermoso. Y me desmoroné. No hay otra forma de decirlo. Me arrodillé ahí mismo, con la nota entre los dedos, temblando como si me hubieran arrancado algo del pecho. Porque esas palabras, escritas con tanto amor y certeza, son ahora ruinas. Vestigios de algo que dejé morir.

¿Cómo no dudé? ¿Cómo fui capaz de soltar su mano si sabía lo que valía tenerla? ¿Qué parte de mí creyó que alejarme era protegernos? Hay decisiones que parecen necesarias cuando el miedo aprieta, cuando uno se siente insuficiente, incapaz, temeroso de dañar a quien ama. Pero la paradoja cruel es que, al irme para no lastimarla, la herí más profundamente de lo que jamás habría imaginado. Y me herí a mí también. Porque lo que yo hice no fue salvarnos, fue destruirnos. Pensé que el tiempo nos pondría en perspectiva, que tal vez la distancia limpiaría lo que dolía. Pero el tiempo no cura lo que uno decide romper. El tiempo no perdona las renuncias cobardes. La nota no me consuela. No me calma. La he leído diez, veinte veces. Tal vez más. Cada vez siento que me está hablando desde una dimensión distinta, desde un rincón donde aún me ama, donde aún cree en lo que teníamos. Y eso es lo que más duele. Que yo también creía. Que también me aferraba a esa verdad: tú y yo somos reales. Lo fuimos. Lo somos. Pero ya no estamos.

Hoy llevé esa nota conmigo todo el día. No como un consuelo, sino como una herida portátil. Como un amuleto maldito. La doblé con cuidado, la metí en el bolsillo interior de mi chaqueta, y cada tanto la tocaba para asegurarme de que seguía ahí. No quería perderla. Porque perderla sería como perderla a ella otra vez. Cada palabra escrita ahí es un recordatorio de quiénes fuimos, de lo que construimos, de la promesa silenciosa que yo rompí. Me pasé el día entero con el corazón deshecho, flotando entre escenas del pasado y reproches del presente. No podía concentrarme, no podía comer. Solo pensaba en ella, en mí, en nosotros. En lo real que fuimos. En lo imposible que se volvió todo. Pensé en llamarla. Pensé en escribirle. Pero ¿qué le diría? ¿Que encontré una nota que me hizo llorar como un niño? ¿Que me siento el hombre más imbécil del mundo por haberla dejado ir? ¿Que la amo y que no puedo vivir con la decisión que tomé? No. No sería justo. No ahora. No después de todo el dolor que le causé.

Hay algo perversamente hermoso en las palabras escritas cuando ya no hay a quién decírselas. Porque se vuelven reliquias. Ecos. Fantasmas. Siento que esa nota no es solo papel y tinta: es una visita desde el pasado, una versión de ella que aún creía en mí. Me recordó quién fui, quién éramos. Me recordó los días en que nos bastábamos, en que todo era más claro. Yo era su refugio, y ella el mío. Me miraba con una devoción que no merecía. Y yo, en vez de quedarme, salí corriendo. Por miedo. Por orgullo. Por no saber cómo sostener tanto amor sin desbordarlo. Ahora vivo entre ruinas. Entre restos de un "nosotros" que aún late en mi memoria. Y me duele. Cada palabra de esa nota me duele como un cuchillo lento. No como una herida fresca, sino como una cicatriz que arde cada vez que se nombra.

Pienso en el día que escribió eso. Tal vez fue después de una pelea. O una noche cualquiera, cuando la vida era rutina pero el amor seguía fuerte. Quizá lo hizo para que yo lo encontrara en un momento como este. Como si supiera que un día iba a necesitar aferrarme a algo más grande que mi culpa. Pero no hay redención en este hallazgo. Solo hay más peso. Más pena. Más confirmación de que perdí algo irrepetible. ¿Cómo se vive con eso? ¿Cómo se sigue caminando sabiendo que uno mismo destruyó lo mejor que le pasó? No tengo respuestas. Solo tengo esta nota, arrugada ya por mis dedos, húmeda por las lágrimas que no pude evitar. Y la certeza de que sigo amándola. No con la idealización tonta del que se aferra al pasado, sino con la lucidez dolorosa del que ha visto todo lo que perdió y aún así no puede soltarlo.

Hoy no pude hablar con nadie. No contesté llamadas, no abrí mensajes. Me encerré en mi silencio. Me recosté en el sofá con la nota sobre el pecho, como si pudiera revivir algo solo con tenerla cerca. No lo logré, claro. Pero era lo único que podía hacer. ¿Qué más hay? Nada me distrae. Nada me consuela. Ni la música, ni los libros, ni el trabajo. Todo parece vacío. Insulso. Como si el mundo hubiera perdido color desde que ella no está. Incluso las cosas que antes me gustaban ahora me resultan absurdas. Ella era el lente a través del cual todo tenía sentido. Su mirada me daba contexto. Su risa era mi norte. Su compañía era el equilibrio que yo nunca supe tener por mí mismo. Y ahora, sin eso, soy un hombre a la deriva. Un hombre que camina solo con los bolsillos llenos de notas rotas, de promesas que ya no puede cumplir.

Me gustaría escribirle una carta esta noche. Una de esas que guardo en la caja que era suya. Contarle que encontré su nota. Decirle que me hizo pedazos. Que la releí mil veces. Que la llevé en el bolsillo todo el día como si fuera un corazón postizo. Pero no sé si tenga fuerzas. Hoy estoy agotado de tanto sentir. Mi cuerpo ya no responde. Solo quiere cerrar los ojos y no pensar más. Pero pensar en ella es lo único que sé hacer. Todo lo demás me resulta ajeno. O falso. Tal vez mañana lo intente. Tal vez le escriba otra carta más, de esas que no leerá, de esas que gritan lo que ya no se puede decir en voz alta. Porque así me aferro a ella. Así mantengo viva la parte de mí que aún cree que fuimos reales. Que todavía lo somos, aunque la distancia y el tiempo digan lo contrario.

DÍA 25

08, Mayo 2025

Hoy vi el amanecer. Hacía tiempo que no lo hacía. A veces me pregunto si fue casualidad o castigo. Desperté demasiado temprano, o quizás ni siquiera dormí del todo. Llevaba horas dando vueltas en la cama, con los ojos fijos en el techo, sin encontrar postura, sin encontrar consuelo. Y entonces decidí levantarme. Fui a la cocina, me preparé un café sin azúcar —como lo tomaba antes de conocerla, como lo volví a tomar después de perderla— y me senté junto a la ventana, esa que da al este, que siempre ha recibido los primeros rayos. El cielo estaba aún oscuro, apenas insinuando un azul débil. Y de a poco, como si tuviera pudor, empezó a encenderse. Primero violeta, luego rosado, finalmente un naranja suave que le habría encantado. Recordé entonces cuántas veces lo vimos juntos, sin proponérnoslo. Esos amaneceres robados, después de largas charlas que empezaban por una tontería y terminaban desnudándonos el alma. Ella solía decir que el amanecer era su parte favorita del día, que ver al mundo despertarse le daba esperanza. Decía que los colores del cielo le recordaban que aún había belleza, incluso después de las noches más largas. Yo la escuchaba mientras la abrazaba por detrás, mientras su cabello se enredaba en mi pecho. Nunca entendí del todo lo que sentía, pero me bastaba con verla feliz, tan en paz con algo tan simple como la luz naciendo.

Esta vez fue distinto. Esta vez lo esperé solo, en silencio. Sin su voz, sin su risa, sin su piel temblando levemente por el frío de la madrugada. Me pareció irónico, profundamente irónico, que el mundo siga iluminándose. Que el ciclo del día y la noche continúe como si nada. Como si mi vida no se hubiera detenido, como si no llevara veinticinco días hundiéndome en una tristeza que no tiene nombre. Mientras el sol subía, sentí rabia. Contra el cielo, contra el tiempo, contra todo lo que se mueve aunque yo esté quieto. Porque adentro de mí no ha salido el sol. Todo sigue oscuro, congelado. El día comienza, sí, pero yo no. Yo sigo ahí, en ese momento exacto donde todo se quebró. Donde le dije que necesitaba distancia. Donde ella me miró sin entender, con los ojos llenos de amor y miedo, y aún así me dejó ir. El mundo gira, sí. Las personas siguen sus rutinas. La vida avanza. Pero yo estoy atrapado en esa escena, una y otra vez, como si fuera la única película que mi mente supiera proyectar.

Pensé en ella. En cómo habría sonreído al ver ese cielo. En cómo habría apoyado la cabeza en mi hombro, en cómo habría dicho algo hermoso, algo simple y perfecto. Me duele tanto que ya no esté. Que todo lo que compartimos esté en pasado. Que su risa no me despierte, que sus pies no me busquen bajo las sábanas. Me duele haberle fallado. Y más aún me duele saber que fue mi decisión. Nadie me obligó. Nadie me empujó. Fui yo. Yo, con mi miedo, con mi inseguridad, con mi eterna creencia de que lastimo a quienes amo. Pensé que irme era protegerla de mí. Pero lo único que hice fue arrasar con lo más sagrado que había tocado. Hoy, mientras el cielo se volvía dorado, comprendí que ni todos los amaneceres del mundo podrán reparar lo que rompí. Que la belleza sigue existiendo, sí, pero ya no la puedo compartir. Y entonces, ¿de qué sirve?

No sentí paz. Ella decía que la luz del amanecer le traía calma, como si el universo le dijera que todo estaba bien. Yo no sentí eso. Sentí un vacío inmenso. Sentí que me faltaba algo esencial. No sé cómo describirlo. Es como si me hubieran arrancado una parte del cuerpo y todavía esperara moverla. Como si hubiera perdido la memoria de mi propia alegría. Me pregunté si ella también estaría despierta. Si habría visto ese cielo. Si habrá pensado en mí. O si ya aprendió a mirar los colores sin necesitar mi abrazo. No la culpo si es así. Después de todo, ella fue la que se quedó con el corazón abierto cuando yo di media vuelta. Yo fui quien sembró esta ausencia. Y ahora, cada amanecer me lo recuerda. No como un castigo, sino como una verdad inevitable: la vida sigue, aunque tú no estés preparado para vivirla.

Estuve ahí, frente a la ventana, hasta que el sol se impuso por completo. Sentí su calor contra el cristal, pero no me llegó adentro. Me pregunté cuánto tiempo más seguiré así. Cuántos amaneceres me quedan por soportar sin ella. Y la respuesta me aterró. Porque no sé si voy a sobrevivir a esto. No hablo de morir, no en el sentido literal. Hablo de esa muerte silenciosa que ocurre cuando uno deja de esperar algo bueno. Cuando uno deja de imaginar un futuro con luz. No me interesa que el día empiece. No me interesa que el cielo cambie de color. Nada de eso importa sin ella. Todo lo bello ahora duele. Todo lo que antes me hacía sentir vivo ahora solo me recuerda que ya no comparto el mundo con quien más amaba. Y eso no se cura. No con el tiempo, no con distracciones, no con nuevas personas. Porque ella no era "alguien". Ella era mi raíz. Y sin raíz, uno no crece. Solo sobrevive.

Guardé la taza vacía en el fregadero, me lavé la cara, y me miré al espejo. Vi a un hombre cansado. No por falta de sueño, sino por exceso de recuerdos. Un hombre envejecido por la pena, por la culpa, por la ausencia. Me gustaría decir que algo cambió hoy. Que ese amanecer me dio una nueva perspectiva. Que sentí algo distinto. Pero no. Solo fue un amanecer más. Solo fue otro día sin ella. Otro día escribiendo en este diario porque no tengo otro lugar donde volcar todo lo que ya no puedo decirle. Y si alguna vez lee esto —aunque sé que no lo hará— quiero que sepa que cada palabra está escrita con el amor que aún me habita. Con el dolor que no se va. Con la certeza de que, pase lo que pase, tú y yo fuimos reales. Aunque yo haya destruido esa realidad con mis propias manos.

DÍA 26

09, Mayo 2025

Hay días —como hoy— en los que me convenzo de que no tengo derecho a extrañarla. Que el simple hecho de pensar en ella con cariño, de evocarla con nostalgia, de aferrarme a los recuerdos como si fueran una manta en medio de una tormenta, es una forma de egoísmo. Porque fui yo quien se fue. Fui yo quien la miró a los ojos y no supo decir la verdad, quien cargaba con un miedo que no supo compartir, quien creyó —qué ironía— que desaparecer era una forma de amar. Y ahora me doy cuenta de que no fue amor, fue cobardía. Una cobardía envuelta en silencios, en decisiones unilaterales, en una absurda necesidad de protegerla de mí... cuando lo único que hice fue destruir lo que teníamos.

No puedo fingir que fui víctima de las circunstancias. Nadie me empujó a irme. Nadie me obligó a soltar su mano. Fue mi voz la que calló cuando debí hablar. Mi espalda la que se alejó cuando ella me necesitaba cerca. Y ahora, cada noche, me convierto en ese hombre que llora su pérdida como si le hubieran arrancado algo injustamente. Pero la verdad es que fui yo quien lo dejó caer. Me detesto por eso. Por esta contradicción que me atraviesa: el dolor de su ausencia y la responsabilidad absoluta de haberla causado. ¿Qué derecho tengo a llorarla, si fui yo quien se quitó? ¿Qué derecho tengo a recordarla con ternura, si fui yo quien eligió el abismo?

Hoy, mientras caminaba sin rumbo —una costumbre que he adquirido últimamente, como si mis pies pudieran encontrar lo que mi corazón perdió—, me detuve frente a una pareja que se reía en una banca. Ella apoyaba la cabeza en su hombro. Él le acariciaba el cabello. Y sentí una punzada, no de celos, sino de vergüenza. Porque yo también tuve eso. Y no supe sostenerlo. Pensé en ella. Pensé en todas las veces que me miró con amor aunque yo estuviera ausente, distraído, encerrado en mis miedos. Me dio más oportunidades de las que merecía. Me abrazó incluso cuando yo era puro filo. Y aún así me marché. Sin explicaciones, sin darnos la posibilidad de salvarnos. Como si el amor no mereciera lucha. Como si todo ese tiempo compartido pudiera archivarse como un libro viejo. Qué equivocado estaba.

A veces deseo que me odie. Que me borre de su vida, que arranque mis fotos, que olvide mi risa. Porque si me odia, entonces al menos me recuerda. Si me odia, es porque algo de mí sigue presente en ella, aunque sea como una espina. Pero también, contradictoriamente, deseo que rehaga su vida. Que encuentre a alguien que la abrace como merece, que se quede sin miedo, que no huya. Que la mire y entienda que tiene frente a sí algo extraordinario. Porque ella lo es. Siempre lo fue. Brillaba incluso en los días más opacos. Tenía esa forma de habitar el mundo que lo hacía más suave. Más claro. Más amable.

Y sin embargo, ese deseo sincero de que sea feliz se mezcla con algo oscuro. Con una angustia que me carcome: me aterra que su mundo siga girando sin mí. Me aterra que descubra que puede ser feliz sin mi presencia. Que logre sonreír sin mis bromas, dormir sin mis brazos, soñar sin incluirme. Es cruel pensarlo, pero lo siento. Esa parte egoísta que aún habita en mí no quiere ser reemplazada. Quisiera seguir siendo "el" en su historia, aunque ya no lo merezca. Quisiera pensar que hay un rincón en su memoria que aún me guarda con cariño. Que cuando escucha una canción, o ve una película, o pasa frente a un sitio que compartimos, algo en ella se detiene, como me pasa a mí cada maldito día.

Me odio por eso. Por no poder desear su libertad sin mezclarla con mi vacío. Por no poder dejarla ir del todo. No tengo derecho, lo sé. No tengo derecho a querer ocupar un lugar en su corazón después de haberlo abandonado. Y sin embargo, aquí estoy.

Escribiendo esto como si escribir lo redimiera. Como si estas palabras pudieran limpiar el peso de mis decisiones. Como si el arrepentimiento bastara para reconstruir lo que se rompió.

Hoy fue uno de esos días en los que me enfrenté cara a cara con lo que hice. No como una memoria borrosa, sino con toda su crudeza. Recordé su mirada la última vez que nos vimos. No era ira. No era rencor. Era dolor. Un dolor limpio, mudo, que me atravesó más que cualquier grito. Y me di cuenta, en ese momento, de que ella habría peleado por nosotros. Que no me dejó, que fui yo quien la soltó. Y ahora, cada vez que pienso en volver, en buscarla, en decirle todo lo que siento, me paraliza el miedo. No solo al rechazo. Sino a confirmarlo: a verla feliz sin mí, a entender que el lugar que dejé ya está ocupado por la calma que yo nunca supe darle.

No sé si algún día podré perdonarme. No sé si merezco hacerlo. Lo que sí sé es que la amo. Que la amo con esa intensidad que da el arrepentimiento. Que la amo desde la distancia, desde la pérdida, desde la imposibilidad. Y que cada día sin ella es un castigo silencioso que acepto porque, en el fondo, siento que es justo.

Tal vez mañana me despierte con menos nudos en el pecho. Tal vez el tiempo logre limar los bordes de este dolor. Pero hoy no. Hoy todo duele como si fuera el primer día. Hoy el amor y la culpa duermen en la misma cama. Y yo, en medio, apenas respiro.

DÍA 27

10, Mayo 2025

He empezado a soñar con lo que habría sido nuestra vida juntos. No con lo que fue, sino con lo que nunca llegó a ser. Y eso, de alguna manera, duele más. Porque los recuerdos duelen con nostalgia, pero los futuros truncos... esos duelen con vacío. Anoche, por ejemplo, soñé que teníamos una casa pequeña, de esas con jardín al fondo y paredes llenas de libros. Ella cantaba en la cocina mientras preparaba café. Yo la miraba desde el marco de la puerta, como tantas veces lo hice, pero ahora con el cabello un poco más canoso y la piel más vencida por los años. Nos reíamos. Era todo tan simple, tan humano, tan feliz. Y entonces desperté. Como quien cae desde un tejado. Con el corazón latiéndome en la garganta y los ojos empapados antes de poder recordar por qué.

Lo peor es que esos sueños no son fantasías imposibles. No son castillos de humo. Son versiones posibles de un destino que estuvimos a punto de vivir. Están formados con pedazos reales de ella, de mí, de lo que compartimos. No hay nada fantástico en ellos. Solo realismo que ya no será. Me torturo con esas visiones, lo sé. Pero no puedo evitarlo. En la vigilia la extraño con dolor, pero en los sueños, la tengo de nuevo. Y eso se ha vuelto una especie de adicción. Como un enfermo que necesita una dosis de lo que le hace daño, solo por tener unos segundos de alivio. Porque al menos allí —en ese universo alterno que habito por unas horas cada noche— todavía estamos juntos. Todavía tengo su risa, su olor, su voz diciéndome que todo está bien. Y al despertar, ese espejismo se desvanece como niebla. Me deja solo, roto, en esta cama que desde que se fue se convirtió más en una trinchera que en un lugar de descanso.

A veces sueño con nuestros hijos. Con sus nombres. Con sus voces. Es absurdo. Nunca los tuvimos. Nunca los planeamos con detalle. Pero en mi mente ya existen. Los veo correr por la casa. Veo a ella agachándose para atarles los cordones. Escucho cómo inventa canciones para dormirlos. Y yo, en el sofá, con una taza de té, la miro con un amor tan grande que me cuesta respirar. Porque en esos sueños ella sigue siendo todo. Y yo soy lo que no fui: un hombre capaz de quedarse, de construir, de no huir.

Hoy me desperté después de uno de esos sueños. Estaba sudando, con el cuerpo temblando. Me costó entender que era solo una ilusión. Que no había cocina, ni hijos, ni voz cantando desde ninguna parte. Solo el silencio de la casa vacía. Solo yo. Otra vez. Con la sombra de lo que podría haber sido colgando sobre mí como una sentencia.

Me senté al borde de la cama por largo rato. Pensé en cuánto pesa lo que no fue. En cómo la ausencia se multiplica cuando le das forma. Porque no perdí solo lo que tuvimos. Perdí también los días que nos debíamos. Las conversaciones que no ocurrieron. Los abrazos que no dimos. Los viajes que no hicimos. Las navidades. Las discusiones por cosas pequeñas. Las reconciliaciones. Los despertares en domingo. Las arrugas compartidas. La vejez tomada de la mano. Perdí una vida entera. Y eso es demasiado para alguien que aún tiene que fingir normalidad cada día.

A veces me descubro escribiéndole nombres en una libreta. Nombres de hijos que no existen. Mezclas de su nombre y el mío. Ideas tontas que alguna vez dijimos entre risas. Ella decía que si teníamos una niña, quería que su nombre significara "luz". Y ahora pienso: qué irónico. Porque desde que no está, todo se volvió oscuridad. Su ausencia no solo apagó una parte de mí. Apagó también ese futuro. Esa vida paralela donde ambos éramos más fuertes que nuestros miedos.

Es como si dentro de mí hubiera dos mundos. Uno, el que viví con ella. Real. Lleno de recuerdos, de momentos que duelen pero existieron. Y otro, el mundo que no fue. El que me visita en sueños. El que se siente tan auténtico que me confunde. A veces me pregunto si no estoy perdiendo la razón. Si no estoy construyendo una ficción para sobrevivir. Pero luego pienso: ¿qué otra cosa puedo hacer? ¿Cómo se vive sabiendo que el amor de tu vida sigue en el mundo y tú ya no eres parte del suyo?

Hay días en que trato de distraerme. De leer, de salir, de fingir interés por algo. Pero luego vuelvo a casa, a esta cama fría, y me doy cuenta de que sigo esperando algo. No sé exactamente qué. ¿Una llamada? ¿Un milagro? ¿Un mensaje que diga que también me sueña, que también ve esa vida posible cuando cierra los ojos? Pero nada llega. Solo el silencio. Solo el recuerdo. Solo este diario que se llena con palabras que nunca leerá.

Hoy entendí que hay duelos que no terminan. Que no hay etapas lineales, ni cierre posible, cuando se trata de un amor así. Porque no solo perdí a la mujer que amaba. Perdí una identidad. Una versión de mí que solo existía con ella. Yo era mejor a su lado. Más suave. Más paciente. Más humano. Y ahora soy solo esto: un reflejo borroso de lo que fui. Un hombre que mira hacia atrás con los ojos llenos de agua, tratando de encontrar sentido en las ruinas.

He pensado en dejar de escribir estas páginas. En intentar dejar de hablarle en silencio cada noche. Pero no puedo. Escribir es la única forma que tengo de sostenerla un poco más. De no dejar que su rastro desaparezca del todo. Tal vez algún día me canse. Tal vez algún día el dolor mute en otra cosa. Pero hoy, no. Hoy sigo soñando con lo que nunca será. Y sigo despertando con el corazón hecho trizas.

Esta cama, esta casa, este cuerpo... todo huele a ausencia. Todo me recuerda que ella no está. Y aunque lo sé, aunque lo repito como un mantra, cada día me cuesta más aceptar que esta soledad es para siempre.

DÍA 28

11, Mayo 2025

Hoy lloré en público. Y no fue un llanto contenido, disimulado, elegante. Fue un llanto roto, de esos que se te escapan sin pedir permiso, que llegan sin aviso y arrasan con todo. Fue por una tontería, al menos desde afuera. Caminaba por la plaza, intentando distraerme con el movimiento de la gente, con los niños jugando, con el murmullo de conversaciones ajenas. Y entonces los vi. Una pareja joven, de esas que se abrazan con todo el cuerpo, como si no hubiera mundo más allá de sus brazos. Se besaban. Y no era un beso cualquiera. Era uno de esos besos que están llenos de historia, de promesa, de refugio. Y entonces fue como si algo se abriera dentro de mí. Algo antiguo y crudo.

Sentí que me deshacía por dentro.

Me detuve. No podía seguir caminando. Me senté en una banca como un viejo enfermo, con las piernas débiles y el pecho comprimido. Me cubrí la cara con las manos, pero no fue suficiente. Las lágrimas salieron igual, calientes y silenciosas al principio, luego más evidentes. Algunas personas me miraban de reojo. Nadie se acercó. Tal vez pensaron que estaba loco, o simplemente no supieron qué hacer. Y tal vez fue mejor así. Porque en ese momento no quería consuelo. Quería llorar. Quería vaciarme.

Lloré por ella, por mí, por lo que fuimos y ya no somos. Lloré por todos los "te amo" que no dije a tiempo, por las promesas que rompí, por la versión de mí que ya no existe. Lloré por la costumbre que tengo ahora de buscarla en todo: en una canción, en el olor del pan tostado, en una palabra dicha por alguien con su misma cadencia. Lloré por las veces que la tuve cerca y no supe cuidarla. Por las veces que creí que habría tiempo. Lloré por los sueños que no se cumplieron. Por los hijos que no vendrán. Por las arrugas que nunca llegaré a ver en su rostro.

Y mientras lloraba, me sentí frágil. Ridículo, incluso. Un hombre hecho pedazos a plena luz del día, frente a una ciudad que sigue funcionando, que no se detiene. Pero también, por un momento breve, me sentí humano. Y eso fue extraño. Porque desde que ella se fue, me he sentido más como un fantasma que como una persona. Alguien que flota entre las rutinas sin pertenecer del todo. Pero hoy, al llorar, sentí algo real. Doloroso, sí. Pero real. Vivo. Como si, al fin y al cabo, aún tuviera algo dentro que no ha muerto del todo.

Pensé en ella. En cómo habría reaccionado si me viera así. Seguramente se habría acercado sin decir nada. Me habría tomado la mano, o acariciado la nuca con esa forma suya de sanar sin palabras. Me habría dejado llorar, sin preguntar, sin juzgar. Y después, con una sonrisa leve, me habría dicho algo tan simple y tan honesto que habría bastado para recomponerme.

Y entonces pensé también en lo que me queda de ella. Porque aunque ya no esté, aunque no la vea, aunque no me hable ni me toque ni me piense... hay partes de ella que viven en mí. En mis gestos. En mi forma de mirar el mundo. En la manera en que ahora, por ejemplo, me permito sentir sin miedo. Antes no lloraba. Nunca en público. Nunca así. Ella me enseñó que la vulnerabilidad no es debilidad. Que hay fuerza en romperse. Que amar es aceptar que podemos ser heridos.

Hoy, en medio de esa plaza, con las manos temblorosas y la vista nublada, entendí que llorarla no es una derrota. Es una forma de amor. Una forma de decirle, sin que esté, que sigo aquí. Que no la he olvidado. Que aún es parte de cada latido, aunque duela. Y aunque parte de mí desee poder soltarla, hay otra parte que se aferra con uñas y dientes a su recuerdo. Porque el olvido me asusta más que el dolor. Porque si un día dejo de sentir esto, significará que ella se ha ido del todo. Y no estoy listo para eso.

Después de un rato, el llanto fue menguando. Me quedé allí, con la cara empapada, respirando hondo, viendo cómo el mundo seguía su curso. Volví a caminar, despacio. Con una mezcla de tristeza y alivio. Tristeza por lo obvio. Alivio por no haberme contenido. Por haberme permitido, por una vez, ser sincero con lo que siento. Porque muchas veces me obligo a actuar como si todo estuviera bajo control, como si el duelo ya no me arrastrara. Pero la verdad es que sigue ahí. Siempre. Como un río subterráneo que a veces brota sin aviso.

Al llegar a casa me sentí exhausto, como si hubiera corrido kilómetros. Me miré al espejo y mis ojos eran los de alguien que ha amado demasiado y ha perdido aún más. Me pareció injusto. Me pareció trágico. Pero también, de algún modo extraño, me pareció hermoso. Porque lo que tuvimos fue tan verdadero que todavía me rompe. Todavía me habita. Todavía me sangra. Y eso, aunque me deje en ruinas, también me confirma que fue real. Que no fue un sueño, ni una idealización. Que fue amor, del que deja huella. Del que no se borra.

Esta noche escribo con la serenidad de quien ha llorado todo lo que tenía dentro. Con la cabeza pesada y el alma un poco más ligera. No sé qué vendrá mañana. No sé si volveré a romperme en la calle, o si encontraré la fuerza para sonreír un poco. Pero sé que hoy sentí. Y eso, por duro que sea, es un regalo.

Ella me enseñó a no huir de lo que duele. A mirar el dolor a los ojos. A no esconderme. Y si algo me queda de ella, además de su ausencia, es eso: la capacidad de amar incluso cuando amar duele. La certeza de que llorarla es mi forma de seguir abrazándola. Aunque sea con lágrimas. Aunque sea en soledad.

DÍA 29

12, Mayo 2025

Me preguntan si estoy mejor. Lo hacen con buena intención, con esas voces suaves y las miradas cargadas de precaución, como si temieran que mi respuesta se rompa entre sus manos. Yo respondo que sí. Sonrío. Bajo un poco la mirada para que parezca humilde, para que la tristeza no se note demasiado. Digo "sí" con una naturalidad que he ido perfeccionando con el tiempo. Y nadie nota la mentira. Nadie pregunta más. Es fácil mentir cuando el dolor se ha vuelto parte del paisaje, cuando uno se ha entrenado para no ser una carga, para no incomodar con el peso de su pena.

Pero por dentro sigo exactamente en el mismo lugar. No he avanzado. No he sanado. Sigo allí, en ese instante detenido en el tiempo: el día en que cerré la puerta y la dejé atrás. Lo revivo cada noche, como una maldición. La escena es siempre la misma. Ella de pie, confundida, sosteniéndose con palabras dulces que no logré escuchar del todo. Y yo, con la mochila a la espalda y la decisión más cobarde del mundo pesándome los pasos. No hubo gritos. No hubo drama. Solo un silencio feroz que selló todo. Y la certeza de que, al dar ese portazo suave, me estaba arrancando de la única vida que tenía sentido.

Vivo atrapado en ese segundo. En ese pequeño fragmento donde aún existía la posibilidad de cambiarlo todo. A veces fantaseo con una versión distinta de ese día, una en la que me detengo, la miro a los ojos, dejo la mochila en el suelo y le digo que me quedo. Que no me importa el miedo, que no me importa fallar, que prefiero fracasar a su lado antes que vivir sin ella. Pero esa versión solo existe en mi cabeza. La real es la que me acompaña como una sombra áspera, como una espina enterrada en la garganta.

Camino por la vida con el corazón lleno de cicatrices. Algunas son pequeñas, apenas perceptibles. Otras están abiertas, sangrantes aún. Ella vive en todas. En cada conversación donde evito mencionar su nombre. En cada lugar que evito para no sentir su ausencia. En cada noche en que las paredes de mi habitación se estrechan y su voz aparece, no como un recuerdo claro, sino como un eco: lejana, distorsionada, pero inconfundible. La oigo decir mi nombre, reír, pronunciar esas pequeñas frases que convertían los días comunes en algo sagrado. Y duele. Como si el alma se encogiera.

Me he vuelto experto en la nostalgia. En maquillar el dolor. En construir una fachada lo suficientemente creíble como para que nadie me pregunte demasiado. Me visto, trabajo, hablo de trivialidades, hago planes para el futuro que ni yo me creo. Pero todo lo que hago es una especie de actuación, un intento de aparentar normalidad en medio del derrumbe. Nadie nota que cuando sonrío, lo hago con la boca, pero nunca con los ojos. Que cada vez que me preguntan si estoy mejor, me están empujando, sin saberlo, a una nueva capa de silencio.

Si pudiera hablarle una vez más, solo una, no le pediría que vuelva. No le suplicaría nada. No la pondría en esa situación. Solo la miraría y le diría lo que nunca tuve el valor de decir cuando aún estaba: "Perdóname por no saber quedarme. Perdóname por no ser suficiente." Porque esa es la verdad desnuda que cargo. No fui suficiente. No porque ella me lo haya hecho sentir —ella siempre me amó con un amor enorme, paciente, generoso—, sino porque yo no supe recibirlo. No supe qué hacer con algo tan puro. Me dio miedo. Me hizo sentir expuesto, vulnerable. Me hizo verme a mí mismo, con todas mis fallas, y no me gustó lo que vi.

Así que me fui. Como hacen los cobardes. Como hacen los que creen que amar también es huir, proteger desde la distancia, evitar lastimar al otro sin entender que eso, justamente, es lo que más hiere. No quedarme fue el peor acto de egoísmo disfrazado de sacrificio. Y desde entonces, todo lo que he hecho es cargar con esa elección como una cruz.

Hoy la extraño con la misma intensidad de siempre. No ha bajado. No ha cambiado. A veces creo que el tiempo no está haciendo su trabajo. Me dijeron que dolería menos con los días, que aprendería a vivir con la ausencia. Pero yo no quiero vivir con su ausencia. No quiero acostumbrarme a un mundo donde no esté su voz, su olor, sus mensajes a media tarde, su forma de fruncir el ceño cuando algo no le gustaba. No quiero eso. Y sin embargo, eso es todo lo que tengo.

Cuando me preguntan si estoy mejor, debería decir la verdad. Debería decir que no. Que estoy partido. Que hay mañanas en las que no quiero levantarme. Que hay noches en las que me abrazo a la almohada fingiendo que es su cuerpo. Que escribo cartas que nunca envío. Que hablo con sus fotos. Que escucho nuestras canciones y lloro como un niño. Que todavía tengo su nota dentro del libro, esa que dice "tú y yo somos reales", y que cada vez que la leo me arde el pecho como si acabara de perderla otra vez.

Pero no digo nada de eso. Solo sonrío, asiento, cambio de tema.

Porque nadie quiere escuchar tanto dolor. Porque en esta sociedad tan rápida, tan llena de ruido, la tristeza verdadera incomoda. Así que finjo. Me he convertido en un experto. Pero al final del día, cuando me quedo a solas con mi reflejo, sé que nada ha cambiado. Que sigo allí, en ese umbral que crucé sin retorno. Y que la única verdad que puedo repetir sin titubear es esta: la amaba. La amo. Y no me perdono por no haber sabido quedarme.

DÍA 20

A veces me imagino buscándola. No solo como un pensamiento fugaz, sino como un acto completo, con cada uno de sus detalles. Me veo a mí mismo saliendo de casa con el corazón desbocado, con el mismo temblor en las manos que me invadía cuando la veía llegar en nuestras primeras citas. Camino por calles que ya conozco de memoria, las mismas que recorrimos juntos, donde cada esquina guarda una risa o una pelea, un beso o un silencio compartido. En mi fantasía, llego a su puerta, respiro hondo, levanto la mano y golpeo con suavidad. Una, dos, tres veces. Siento el peso del momento, el eco de la madera como un tambor de guerra en el pecho. Me imagino su sombra acercándose, los pasos cautelosos detrás de la puerta. Luego, el sonido del picaporte, y entonces su rostro. Ella, ahí. Más real que en mis recuerdos. No está enojada ni triste. Solo está. Me mira como si no supiera si reír o llorar, como si dentro de ella también habitaran mil preguntas sin respuesta. Yo no digo mucho. Solo le sostengo la mirada y le digo: "Me equivoqué. No puedo vivir sin ti".

Fantaseo con ese momento más de lo que admito. No solo durante el día, cuando mi mente divaga sin rumbo, sino también por las noches, cuando me acuesto y cierro los ojos con la esperanza absurda de que el sueño me regale algo de consuelo. A veces la imagino abrazándome, corriendo hacia mí como en las películas, cayendo en mis brazos, perdonando todo, devolviéndome la vida. Otras, la veo girar sobre sus pies y cerrarme la puerta sin decir una palabra. Esas versiones cambian según el dolor del día. Pero siempre soy yo quien va. Siempre soy yo quien no puede más con el silencio, quien decide romper la distancia y arriesgarlo todo por una última oportunidad. Sin embargo, nunca lo hago. Nunca salgo realmente de mi casa con ese propósito. Nunca toco su puerta. Y me pregunto por qué. Si el deseo es tan fuerte, si el corazón me empuja tanto en esa dirección, ¿qué me detiene?

Tal vez es el miedo. No a que me rechace, sino a lo que su rostro pueda decirme sin palabras. A que me mire como a un extraño. A que su voz, esa voz que fue hogar durante tanto tiempo, me suene ajena. Tal vez tengo miedo de comprobar que ya no hay lugar para mí en su mundo. Que ya no me necesita. Que aprendió a vivir sin mí y que mi presencia solo desordenaría lo que ya intentó reconstruir. O quizás es el respeto. No por las normas, sino por su dolor. Porque sé que también sufre. Me lo dijo su madre aquel día, en esa conversación breve que me dejó más roto de lo que imaginé. Ella escribe. Se encierra. Llora, probablemente. Y yo, que la hice sufrir, ¿qué derecho tengo a irrumpir en su proceso? ¿A abrirle viejas heridas cuando todavía no han cerrado las nuevas? No lo sé. A veces siento que cualquier cosa que haga estará mal. Que mi amor, por más genuino que sea, no compensa todo lo que rompí. Y sin embargo, la idea de buscarla no me suelta.

Hoy esa fantasía me persiguió con fuerza. Más que otros días. Desde la mañana la sentí dentro de mí, como un anhelo que se arrastra por las costillas. No podía concentrarme. No podía quedarme quieto. Todo me llevaba a pensar en ella. Salí a caminar sin rumbo fijo, como si mis pies supieran a dónde ir aunque yo no lo supiera. Caminé largo rato. Las calles se desdibujaban a mi paso. Cruzaba plazas, avenidas, semáforos. Y sin darme cuenta, ya estaba cerca de su barrio. La reconocí por el parque donde solíamos sentarnos a comer helado, por la farmacia donde una vez corrimos bajo la lluvia porque ella había olvidado comprar sus pastillas, por ese quiosco diminuto donde siempre pedía chocolate con menta. Me detuve. El corazón latía tan fuerte que sentí que los autos podían oírlo. Respiré hondo. Cerré los ojos. La imaginé saliendo del edificio. Imaginé que pasaba justo por la vereda, que me veía, que se acercaba. Me vi diciéndole su nombre con la voz rota, vi su mano acariciándome la mejilla. Y luego abrí los ojos y todo seguía igual. Nadie. Solo gente anónima, ajena, sin historia conmigo.

No tuve el valor de llamar. Ni siquiera de acercarme a su edificio. Me quedé en la esquina, apoyado contra un poste, con las manos en los bolsillos, como un ladrón de recuerdos. Porque eso fui hoy: un ladrón. Robándome escenas de lo que fue, invadiendo un territorio que ya no me pertenece. Me sentí sucio, desubicado, fuera de lugar. Como si mis pasos dejaran marcas indebidas sobre el asfalto. Pero no podía moverme. Me quedé ahí un rato largo. Miraba los autos, los balcones, el cielo. Todo era una excusa para estar cerca. Pensé en mil cosas: en qué estaría haciendo, en si estaría sola, en si tal vez me miraba desde alguna ventana sin saber que yo estaba ahí. Me sentí ridículo. Pero también humano. Porque a veces uno solo quiere estar cerca de aquello que ama, aunque sea desde la distancia. Aunque sea en silencio. Aunque duela.

Después de un rato, decidí volver. No por convicción, sino por agotamiento. No pasó nada. No hubo milagros. No la vi. No me vio. Nadie me habló. Solo el mismo silencio de siempre. El mismo que me persigue desde que se fue. Caminé de regreso como quien carga un peso invisible. Mis pasos eran más lentos, como si cada uno se hundiera en el asfalto. La ciudad seguía girando, impasible, con su ruido, su gente, su caos. Nadie sabía que yo acababa de romperme un poco más. Que acababa de estar a metros de ella y no tuve el coraje de dar el último paso. Llegué a casa vacío. Pero no un vacío cualquiera. Un vacío con nombre. Un vacío que tiene su olor, su voz, su forma de mirarme.

Y entonces me di cuenta de algo: tengo los bolsillos llenos de arrepentimiento. No solo por lo de hoy, por haber estado tan cerca y no haber hecho nada. Sino por todo. Por haber dejado que el miedo decidiera por mí. Por no haber luchado cuando aún había algo por salvar. Por no haber sido honesto conmigo mismo ni con ella. Por haberla amado tanto y haberlo demostrado tan mal. Por haber creído que el amor era suficiente sin cuidar las formas. Por haber creído que alejándome la protegía. Y ahora, ¿qué me queda?

Una caja de cartas que no leerá. Un montón de canciones que ya no puedo escuchar. Y esta fantasía recurrente que me consume. Esa escena que se repite cada día, donde toco la puerta y digo "Me equivoqué. No puedo vivir sin ti". Pero sigo sin tocarla. Y eso, más que cobardía, es una condena.

No sé si mañana volveré a caminar por su barrio. No sé si alguna vez tendré el valor. No sé si ella querría verme. No sé si me odia, si me extraña, si ha logrado rehacerse. Pero lo que sí sé es que, hoy, estuve más cerca de ella que en todos estos días. No en kilómetros. En deseo. En dolor. En arrepentimiento. Y a veces eso basta para desarmarte del todo.

DÍA 30

13, Mayo 2025

Treinta días.

Treinta amaneceres sin su voz, sin su nombre en mi pantalla, sin sus pasos suaves acercándose por el pasillo. Treinta noches sin su calor, sin su risa burlándose de mis historias repetidas, sin sus brazos alrededor de mi espalda cuando el mundo parecía más grande que yo. Treinta días, y cada uno ha sido más difícil que el anterior. Creí —ingenuamente— que escribir esto me ayudaría a sanar, a vaciar el dolor, a ordenar el caos. Pero lo único que he hecho es dibujar, con palabras, la forma exacta de mi herida.

Pensé que con el tiempo aprendería a dejarla ir. A comprender que fui yo quien soltó su mano, quien se fue sin explicaciones suficientes, sin una última pelea, sin un intento final. Pensé que escribir cada día lo que siento serviría de exorcismo, de despedida gradual, como quien va recogiendo sus pertenencias después de un incendio. Pero no ha pasado. No hubo purificación. No hay alivio. No hay olvido. Solo esta tristeza constante, adherida a los huesos, como un invierno que no termina nunca.

Ella está en todas partes. En el café de la mañana, que ya no sabe igual. En las películas que no he podido volver a ver. En las canciones que salto con torpeza. En la ropa que ya no uso porque ella decía que me quedaba bien. En las palabras que no digo porque eran nuestras. No hay un solo rincón de mi vida donde ella no esté presente. Incluso cuando trato de no pensar en ella, incluso cuando intento respirar sin su nombre... ahí está. Como un susurro en la nuca, como una huella en el pecho.

Lo peor, tal vez, es saber que nunca dejará de doler. Que no hay final para esto. Porque el amor no muere solo porque alguien se va. El amor no se apaga con la distancia, ni con la lógica, ni con los consejos de los amigos bienintencionados. El amor verdadero duele incluso cuando ya no tiene un lugar donde vivir. Es como un animal herido que sigue latiendo, esperando un refugio. Como un fuego bajo la lluvia: no quema igual, pero sigue ardiendo.

Y el mío...
El mío sigue aquí. Intacto. Roto en pedazos, sí, pero de pie. Leal. Esperándola como si ella pudiera volver en cualquier momento, como si esta historia no estuviera escrita en pasado. Como si su sonrisa pudiera abrir otra vez la puerta que yo mismo cerré. Es un amor terco. Silencioso. Un amor que ya no pide nada, pero que lo daría todo de nuevo. No importa cuánto me duela. No importa si nunca vuelve. Porque amar así —aunque destruya, aunque duela — es lo único real que me queda.

Treinta días.
Y no hay redención.
Pero hay verdad.
Y esta es la mía:
La amé. La amo. La amaré.
Incluso si eso significa seguir escribiéndole en el silencio.
Incluso si ya no hay nadie al otro lado de la puerta.
Incluso si mi nombre dejó de habitar su corazón.
Porque hay dolores que se vuelven parte del alma.
Y ella es ese dolor hermoso que me recuerda que, al menos una vez, supe lo que era amar de verdad.

DÍA 31

14, Mayo 2025

DÍA 32

15, Mayo 2025

DÍA 33

16, Mayo 2025

DÍA 34

17, Mayo 2025

DÍA 35

18, Mayo 2025

DÍA 36

19, Mayo 2025

DÍA 37

20, Mayo 2025

DÍA 38

21, Mayo 2025

DÍA 39

22, Mayo 2025

DÍA 40

23, Mayo 2025

DÍA 41

24, Mayo 2025

DÍA 42

25, Mayo 2025

DÍA 43

26, Mayo 2025

DÍA 44

27, Mayo 2025

DÍA 45

28, Mayo 2025

DÍA 46

29, Mayo 2025

DÍA 47

30, Mayo 2025

EPÍLOGO

31, Mayo 2025

La calle estaba en silencio, como si supiera. Como si todas las palabras no dichas se hubieran quedado suspendidas en el aire, flotando entre las grietas de los edificios antiguos, en las ramas secas de los árboles que se mecían con el viento. Ella caminaba con los ojos fijos en el suelo, sin atreverse a mirar las ventanas que una vez conoció tan bien. Llevaba una bufanda que él le había regalado un invierno cualquiera, sin sospechar entonces que ese trozo de lana sería, años después, la única manera de sentirse cerca de él.

No sabía exactamente qué la había llevado hasta allí. Tal vez fue el insomnio, o la canción que sonó en la radio, o la forma en que un desconocido la miró en la panadería esa mañana. Pero sobre todo fue la certeza de que no podía seguir callando. Que ya no podía vivir con el peso del orgullo, con esa coraza que había construido para protegerse pero que la había dejado sola, vacía, congelada.

Pensaba decírselo todo. Decirle que lo había pensado cada día. Que lo había buscado en los rostros de los demás. Que había leído sus mensajes antiguos más veces de las que podía contar. Que lo amaba. Que nunca dejó de hacerlo. Que había sido estúpida, soberbia, y que no quería vivir con la duda de qué habría pasado si se hubieran atrevido a perdonarse.

Pero cuando llegó, la casa no la recibió. La casa callaba.

Las persianas estaban bajas. El buzón rebosaba de papeles sin abrir. Tocó la puerta con fuerza, una vez, dos, tres. Nadie contestó. Miró por la rendija. Oscuridad. Intentó llamar. Su número ya no existía. Y entonces, con una punzada en el estómago, preguntó a los vecinos.

Un silencio incómodo la rodeó. Hasta que una anciana, con ojos húmedos y sabios, le acarició la mano y se lo dijo. Así, sin anestesia, como se dicen las verdades que ya no pueden evitarse.

Él había muerto. Hacía unos días. Solo.

Ella no gritó. No cayó de inmediato. Solo cerró los ojos como quien recibe una bofetada del tiempo. Y luego sí: las piernas le fallaron, el cuerpo se volvió aire, y se arrodilló frente a esa puerta como quien pide perdón demasiado tarde.

Lloró. Como nunca. Como si el alma se le fuera en cada sollozo.

Al día siguiente, la misma anciana la buscó. Le entregó una llave pequeña, oxidada.

—Él la guardaba siempre en el bolsillo. Me pidió que se la diera a alguien que viniera buscándolo con el corazón —dijo.

La llave abría una caja. Y dentro de la caja, estaba el diario.

Treinta días.

Treinta fragmentos de él.

Treinta formas de decirle "te amo" sin tenerla.

Lo leyó en el suelo, en silencio, con los dedos temblando sobre las páginas gastadas. Cada palabra era una herida nueva. Cada entrada era una fotografía de su dolor. Y lo peor, lo que la desarmó por completo, fue reconocer su propio dolor reflejado allí.

Habían estado tan cerca. Tan condenadamente cerca.

Él había esperado. Ella también.

Y ninguno se atrevió a romper ese muro invisible.

Se odiaba por no haber ido antes. Por no haber escrito primero. Por no haber gritado, llorado, perdonado. Por no haber dejado el orgullo morir en lugar de dejarlo morir a él.

Aquel diario era una tumba viva. Una historia de amor

incompleta.

Y por eso, en esa misma casa, una semana después, se sentó frente a la ventana que él había mirado tantas veces. Abrió una libreta nueva. Y escribió una carta. No para él, porque ya no podía leerla. No para ella misma, porque ya no sabía quién era sin él.

La escribió para el aire. Para el amor. Para la memoria.

Y decía así:

Querido Izan:

No sé cómo empezar. He borrado estas primeras líneas tantas veces que el papel ya está cansado de mí. Y con razón. Llegué tarde a todo: a las disculpas, a los abrazos, a la verdad. Llegué cuando ya no estás. Cuando ya no puedo hacer más que hablarle al vacío con la esperanza absurda de que aún me escuches.

Te fuiste. Y yo ni siquiera supe cuándo.

Te fuiste solo. Con todas esas palabras que escribiste para mí encerradas en un cuaderno. Las leí. Las leí una por una, temblando, llorando, deteniéndome en cada frase como si pudiera devolverte la vida con la fuerza de mi dolor.

Y no puedo más. No puedo seguir fingiendo que todo está bien, que te superé, que la vida siguió.

No siguió. No sin ti.

Quiero contarte algo. Algo que nunca dije y que ahora ya no importa si digo, pero que me quema por dentro si no lo dejo salir: yo también te pensé todos los días. Yo también me arrepentí. Yo también lloré frente a tu foto, hablé con tus mensajes antiguos, dormí abrazada a la camiseta que dejaste. Pero no fui valiente. Me dije que si tú no venías, era porque no querías. Me conté historias para justificar no buscarte. Me escondí detrás del orgullo porque me daba miedo enfrentarme a la verdad. Me dio miedo descubrir que tú habías seguido adelante... cuando en realidad, tú te quedaste allí, esperándome. Escribiéndome.

Cómo no vi las señales.

Cómo no sentí ese hilo invisible que aún nos unía.

Si hubiera sabido... si tan solo hubiera sabido...

Recuerdo la última vez que hablamos. Tus ojos estaban tristes, pero tu voz firme. Me dijiste que necesitabas tiempo. Y yo, con el corazón roto y la lengua llena de reproches, simplemente asentí. Pensé que si te alejabas era porque ya no me amabas. Pero ahora sé que te fuiste por miedo. No a mí, sino a ti. A fallarme. A no ser suficiente. Qué irónico. Porque para mí, tú siempre fuiste todo.

He releído tus cartas tantas veces que las sé de memoria. Y en cada palabra encuentro el eco de lo que no supe decirte: que aún te esperaba. Que si hubieras tocado a mi puerta, te habría abrazado tan fuerte que no habrías podido irte de nuevo. Que habría perdonado todo, porque te amaba más de lo que odiaba tu partida.

Pero no te lo dije. No fui.

Y ahora, ya es tarde.

Hoy visité tu tumba por primera vez. Llevé un girasol, como los que solías comprarme cuando estaba triste. No sabía qué decirle a la piedra que lleva tu nombre. Así que me senté junto a ti y leí en voz alta una de tus páginas favoritas: la del día en que soñaste conmigo cocinando juntos. Lloré contigo, amor. Lloré contigo como si el tiempo nunca hubiera pasado.

Quisiera poder abrazarte. Solo una vez más. Sentir tu voz en mi oído. Decirte: "me equivoqué también". Pero sé que no puedo.

Así que me queda esto: tu diario, tu letra, tu dolor. Y esta carta, que dejo aquí, entre tus cosas, con la esperanza tonta de que, donde sea que estés, puedas perdonarme.

Te amo. Te amé. Te amaré. Y no hay orgullo en el mundo que valga más que eso.

Perdóname por no buscarte antes. Por no haber sido valiente. Por haber callado cuando más quería gritar tu nombre.

Descansa, amor. Yo me quedaré con lo que queda de nosotros.

Con todo lo que fuimos.

Con todo lo que no pudimos ser.

Tuya siempre,
Isabela.

Ese día, al cerrar la libreta, una brisa suave entró por la ventana. Fue apenas un soplo, un roce leve en la mejilla. Como un susurro que decía: "yo también te perdono".

Y por primera vez, en mucho tiempo, ella sonrió. No con felicidad, sino con gratitud. Porque a veces, cuando el amor no puede salvar, al menos puede dejar algo sagrado: la verdad de que fue real. Que dolió. Que existió.

Y eso basta.

Fin.